Clássicos Juvenis TRÊS POR TR3S

TRÊS CASAMENTOS

Clássicos Juvenis TRÊS POR TR3S

TRÊS CASAMENTOS

FARSA DE INÊS PEREIRA
Gil Vicente

QUEM CASA, QUER CASA
Martins Pena

ATÉ QUE A VIDA NOS SEPARE
Alexandre Azevedo

COORDENAÇÃO MARCIA KUPSTAS

ILUSTRAÇÕES RAFAEL ANTÓN

Atual Editora

1ª edição

Coleção Três por Três
Gerente editorial
Rogério Gastaldo
Editora-assistente
Andreia Pereira
Coordenação e produção editorial
Todotipo Editorial
Assistência editorial
Isadora Prospero
Revisão
Ana Luiza Candido e Cássia Land
Pesquisa iconográfica
Cristina Akisino (coord.)
Gerente de arte
Nair de Medeiros Barbosa
Assistente de produção
Grace Alves
Diagramação
Elis Nunes
Coordenação eletrônica
Silvia Regina E. Almeida

Colaboradores
Projeto gráfico
Aeroestúdio
Ilustrações
Rafael Antón
Coordenação
Marcia Kupstas
Suplemento de leitura e projeto de trabalho interdisciplinar
Silvia Oberg
Preparação de textos
Bárbara Prince
Impressão e Acabamento
Gráfica Paym

CIP – Brasil. Catalogação na Publicação
Sindicato Nacional dos Editores de Livros (RJ)

A986t

Três casamentos / coordenação Marcia Kupstas; ilustrações Rafael Antón. – 1. ed. – São Paulo: Atual, 2013. (Coleção Três por Três)

96 p. : il. ; 23 cm.

Conteúdo: Farsa de Inês Pereira / Gil Vicente; Quem casa, quer casa / Martins Pena; Até que a vida nos separe / Alexandre Azevedo.

ISBN 978-85-357-1879-9

1. Teatro infantojuvenil brasileiro (Literatura). I. Vicente, Gil, 1465-1536. Farsa de Inês Pereira. II. Pena, Martins,1815-1848. Quem casa, quer casa. III. Azevedo, Alexandre, 1965-. Até que a vida nos separe. IV. Kupstas, Marcia,1957-. V. Série.

13-03432 CDD: 028.5
CDU: 087.5

5ª tiragem, 2021

SARAIVA Educação S.A.
Avenida das Nações Unidas, 7.221 – Pinheiros
CEP 05425-902 – São Paulo – SP
www.coletivoleitor.com.br

Tel.: (0xx11) 4003-3061
atendimento@aticascipione.com.br

CL: 810670
CAE: 576159

SUMÁRIO

Prefácio

FARSA DE INÊS PEREIRA 11

QUEM CASA, QUER CASA 49

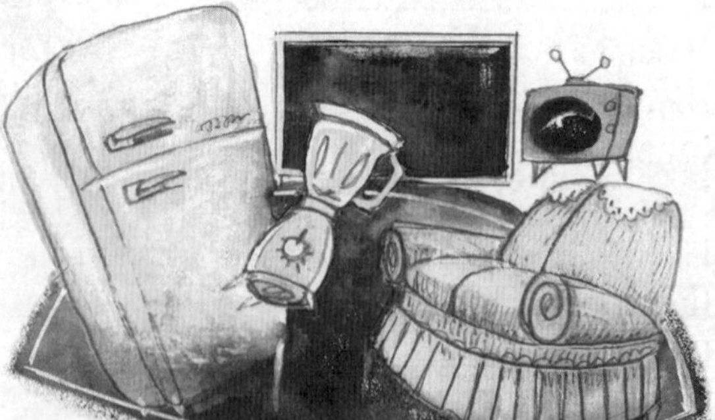

TRÊS CASAMENTOS DIVERTIDOS

Três autores, três épocas, três lugares... e um tema central reunindo três diferentes narrativas. Quantas semelhanças pode haver entre essas histórias, quantas são suas particularidades...

"Se casamento fosse bom, não precisava de testemunha."

"O ideal no casamento é que a mulher seja cega e o homem, surdo."

"O fardo do casamento é tão pesado que precisa de dois para carregá-lo e, às vezes, de três."

"Adão era feliz porque não teve sogra."

É imensa a quantidade de frases irônicas a respeito do casamento! Essa é uma instituição séria e considerada sagrada para certas religiões, como a católica, e mesmo para aquelas que aceitam o divórcio sob condições especiais. Nada disso impede, porém, que o matrimônio seja retratado por artistas, através dos tempos, de maneira crítica e bem-humorada.

Neste volume da coleção **Três por Três**, o escritor e adaptador Alexandre Azevedo assume convictamente o lado jocoso do casamento. Apresenta-o não só no "palco da vida", mas de forma teatralizada, em três peças bastante divertidas. Coloca em cena uma caricata galeria de personagens, como a sogra palpiteira, os amigos casamenteiros, os noivos mais ou menos folgados ou as noivas mais ou menos reclamonas, em situações de núpcias que podem até dar certo, mas que estão repletas de confusões e desentendimentos.

Farsa de Inês Pereira é um auto, escrito em 1523 por Gil Vicente, o dramaturgo que, segundo alguns críticos, inaugurou em Portugal esse gênero literário de peça em um ato, criada com base em um mote ou motivo. Inês Pereira reclama de sua vida de solteira, considera-se cerceada em sua liberdade, crê que será mais feliz no casamento. Leonor, a alcoviteira, oferece-lhe Pero Marques, um simplório (mas rico) lavrador. A moça o recusa e acaba se casando com o escudeiro Brás da Mata. Péssima escolha: o marido é exigente, pouco atencioso e a prende em casa antes de partir para a guerra. Para sorte de Inês, o escudeiro morre em batalha e ela, viúva, volta atrás em sua decisão, assumindo compromisso com Pero. Ao final da peça, confirma-se o mote "mais quero um asno que me carregue que um cavalo que me derrube".

Se *Farsa de Inês Pereira* concentra-se no conflito entre o casal, a peça de Martins Pena, *Quem casa, quer casa*, generaliza a confusão entre todos os membros da família. A primeira cena já mostra o desespero de dona Fabiana, que divide o teto com o marido, o filho, a nora, a filha e o genro. A dona da casa tem muito do que reclamar, mas sua situação muda quando seus filhos, o genro e a nora conseguem outro local de moradia. O conflito é solucionado e concretiza-se o mote da peça: "quem casa, quer casa".

O terceiro texto, de Alexandre Azevedo, investe em outro tipo de estrutura cômica: o esquete. Oriundo do inglês *sketch*, trata-se de uma peça de curta duração, produzida para teatro, cinema, rádio ou televisão, que versa sobre temas variados, como política, cultura e sociedade. No caso de *Até que a vida nos separe*, as personagens são nomeadas apenas como Ela, Ele, Amiga dela, Amigo dele, Irmã dela, Pai dele etc. São dezesseis esquetes que têm de tudo um pouco: casal em disputa pela partilha de presentes, amigas discutindo mandingas para "prender marido" ou a situação dos "ex", sogra questionando a dieta do filho... Sempre bem-humoradas, as cenas permitem até a improvisação, recurso também típico dos esquetes.

Três casamentos mostra que essa instituição é satirizada desde o século XVI, com *Farsa de Inês Pereira*, passando pelo século XIX, com *Quem casa, quer casa*, e permanece mais atual que nunca nos esquetes de *Até que a vida nos separe*. Entretanto, a coleção **Três por Três** pretende, além de aproximar essas narrativas em razão de seu assunto central, permitir que o leitor reconheça suas diferenças. Todas são peças teatrais e bem-humoradas, mas o texto de autoria de Alexandre Azevedo aborda temas contemporâneos, dando o mesmo peso, em certos momentos, para o casamento ou para a separação do casal e modernizando as cenas, com uma forte influência da crônica.

Afinal, a proposta inovadora desta coleção consiste na adaptação modernizada de textos antigos de autores de destaque na literatura universal, que dialogam com uma história de um escritor brasileiro, também autor das adaptações. E seu desafio maior é seduzir o jovem leitor para que conheça o que já foi feito em outras épocas sobre temas que, mesmo em nossos dias, continuam relevantes e desafiadores.

Boa leitura!

Marcia Kupstas

FARSA DE INÊS PEREIRA

Gil Vicente

Adaptação de Alexandre Azevedo

GIL VICENTE.

Português, acredita-se que tenha nascido em Guimarães em 1465 e falecido em Lisboa em 1536. Há muitas incertezas sobre a biografia daquele que é considerado o "pai da dramaturgia portuguesa". Supõe-se que, além de homem de letras, também foi ourives, visto que os detalhes dessa profissão aparecem constantemente em seus textos. Se o Gil Vicente escritor foi o mesmo Gil Vicente ourives, justifica-se o suposto local de nascimento: a cidade de Guimarães é tradicional no manuseio de metais.

O que se sabe realmente é que ele se casou, em primeiras núpcias, com Branca Bezerra e, depois de enviuvar, com Melícia Rodrigues, com quem teve três filhos. Luís Vicente, filho do meio, compilou, organizou e ajudou a divulgar a obra do pai após sua morte.

O ano de 1502 foi marcante em sua vida, datando seu primeiro trabalho conhecido, a peça em castelhano Auto da visitação *ou* Monólogo do vaqueiro. *A encenação ocorreu nos aposentos da rainha D. Maria, esposa de D. Manuel, para celebrar o nascimento do príncipe, o futuro D. João III. Estava presente a rainha-mãe, D. Leonor, viúva de D. João II, que se tornou protetora do artista.*

Nos anos seguintes, Gil Vicente se tornou responsável por organizar eventos palacianos. A pedido de D. Leonor, escreveu peças de caráter religioso, como o Auto dos Reis Magos *(1503). Apesar do tom religioso, o autor mencionava fatos mundanos e cotidianos, marca de sua obra posterior.*

Em 1519, Gil Vicente passou a servir D. João III, e tinha prestígio suficiente para poder satirizar aspectos do clero e da nobreza em suas obras. A peça Farsa de Inês Pereira, *de 1523, amplia o ataque para membros da burguesia ascendente na sociedade lusitana. Afinal, Inês Pereira renegava um pretendente do povo para se casar com um fidalgote esnobe e falido.*

É certo que Gil Vicente não inaugurou o teatro português, há textos medievais mencionando elogiosamente peças anteriores a 1502. Porém, foi o teatro vicentino que consolidou o idioma e valorizou cenas e tipos lusitanos. Seu sucesso prosseguiu após sua morte, graças ao trabalho do filho Luís Vicente e a seguidas montagens de seus textos, sempre bastante aclamados. Anterior a Camões, a obra de Gil Vicente registrava a passagem da Idade Média para o Renascimento, quando as regras inflexíveis da ordem social começaram a ser questionadas. A galeria de personagens criada por ele (a alcoviteira, o padre hipócrita, o falso médico, o nobre falido) consiste em um retrato da cultura popular portuguesa, com tipos que permanecem sedutores até os dias atuais.

A SEGUINTE FARSA divertida foi representada ao muito alto e mui poderoso rei D. João, o terceiro do nome em Portugal, em seu convento de Tomar, na era do Senhor, 1523. O seu argumento é que, de tanto duvidarem certos eruditos se as peças do autor eram suas ou se ele as furtava de outros, deram a ele o seguinte mote para que escrevesse uma peça: "Mais quero um asno que me carregue que um cavalo que me derrube". Tendo como base o mote, o autor escreveu esta farsa.

MOTE: MAIS QUERO UM ASNO QUE ME CARREGUE QUE UM CAVALO QUE ME DERRUBE

PERSONAGENS

Inês Pereira
Mãe (de Inês Pereira)
Leonor Vaz (alcoviteira)
Pero Marques
Latão e Vidal (judeus casamenteiros)
Brás da Mata (escudeiro)
Fernando (criado de Brás da Mata)
Luzia
Ermitão

Enquanto a mãe de Inês está na missa, a moça finge costurar.

Inês (cantando)
Quem me vir assim sofrer,
Há de chorar pra valer...

Inês (falando)
Eu renego este trabalho
E também quem o inventou!
Ao diabo que eu o dou,
Antes lavar um borralho!
Oh, Jesus! Que enfadamento,
E que raiva, e que tormento,
Que cegueira e que canseira!
Eu hei de buscar maneira
É d'algum divertimento!

Coitada, assim vou ficar
encerrada nesta casa
como panela sem asa,
sempre no mesmo lugar?
E assim cada dia caminha,
Nesta casa uma cativa.
Como posso eu estar viva,
Refém de agulha e de linha?!

Mandarei tudo ao diabo,
Não darei mais nenhum ponto!
À costura darei cabo,
À linha, à agulha e pronto!
E as amigas, onde estão?
Festejando, e com razão,
E eu aqui trancafiada,
Ai que eu morro, que maçada,
Que dor no meu coração!

Esta vida é mais que morta,
Trabalho feito marujo,
Sou mesmo é um caramujo,
Que não sai senão à porta!
E quando vou à janela,
Pareço preso na cela,

Pareço co'aquele abade:
Não sabe o que é liberdade!

Sua mãe volta da missa e a encontra sem trabalhar.

Mãe
Bem que estava desconfiada,
Entre uma e outra rezada,
Pensava que Inês folgava!
Onde está o travesseiro,
Aquele que ontem costurava?
Vejo-o ali jogado ao canto...
Ui, nasceu no dedo unheiro[1],
Ou pensa que é dia santo?!

Inês
Não tenho força pra tanto,
Me tire do cativeiro!

Mãe
Já chega de chorumela,
Chorando de barriga cheia!

Inês
Chega de arear panela,
Chega de costurar meia!
Levo uma vida de freira,
Já cansei de ser solteira!

Mãe
Ah, quer casar, minha rosa,
Como é que pode ser isso,
Com fama de preguiçosa,
Pra ter marido é enguiço!

Inês
Ai, co'o é fiada essa prosa,
Se sou eu que faço o serviço!

Mãe
Bem se vê que isso é verdade...

1 Inflamação debaixo da unha.

Inês
Já estou passando da idade...

Mãe
Cale-se já, ora pois!
Não coloque nunca o carro
À frente dos bois, menina!
E come cru a apressada,
Não se arrependa depois!

Inês
Por mim, estava eu casada,
Com filhos de dois em dois!
Antes isso a trabalhar
Feito uma escrava sem paz!

Mãe
Aqui vem Leonor Vaz.

Entra Leonor Vaz, benzendo-se freneticamente.

Inês
Pra que esses sinais da cruz?

Leonor
Ai, ai, por Deus, por Jesus,
Quanta coisa que se faz!

Mãe
Leonor Vaz, o que é isso?
Parece que viu um fantasma!

Leonor
Veja só como estou pasma,
Não sei como tenho siso[2]!
Jesus! Jesus! O que farei?
Não sei se me vou ao rei
Ou então ao cardeal!

---

2 Senso, juízo.

Mãe
Alguém lhe fez algum mal?

Leonor
Mal é pouco, eu lhe direi:
Vinha eu agora por ali,
Tranquila co'o quem caminha,
E um padre esgueirando vinha,
Tocou-me no braço aqui...

Mãe
Que queria com você,
Pois se é que eu posso saber?

Leonor
Ai, ai, Jesus, quem me acode?
Queria saber, vê se pode,
Se era eu fêmea, se macho!

Mãe
Ui! Seria algum muchacho,
Que brincava por prazer?

Leonor
Qual! Já bem velho, o diacho!
E vinha eu da minha lida,
A voz já fraca, falida,
Quando o vi pegar comigo,
E me achei naquele perigo:
– Eu a absolvo do pecado.
– Mas um padre enamorado?!
– Irmã, eu a absolverei
C'o o breviário de Braga!
– Eu não sou trouxa, me larga,
Tarado vestido de frei!

Mãe
Pensei que era brincadeira,
Desculpe-me o riso solto.

Leonor
Rasgou-me a camisa inteira,
E foi-se em seu capuz envolto...

Mãe
Oh, é mesmo um frei tarado!

Leonor
Até que foi engraçado,
As coisas que me dizia,
Chamava-me "luz do dia"!
Queria gritar feito louca,
Mas com esta voz rouca,
Quem é que ia me acudir?
Daí veio tosse e catarro,
Uma vontade de rir!

Mãe
Que encontro mais bizarro!

Leonor
Mas há de pagar o mal,
Vou dar queixa ao cardeal
Pela violência sofrida.

Mãe
Mas você não está carpida[3]
Co'o se fazer convencida?!

Leonor
Com estas unhas cortadas,
Com este cabelo rente[4],
Quem vai dar crédito à investida
De um frei velho e demente?!

Mãe
Deixa o dito pelo não dito!

---

3 Com os cabelos arrancados em desespero.
4 As alcoviteiras usavam cabelos cortados rente à cabeça.

Leonor
Pois dado está o veredito!

Mãe
Mas como escapou do frade?

Leonor
Vou lhe contar a verdade,
Não fosse outro a me salvar,
Um tal Vasco de Tomar[5],
Não sei que seria de mim...

Mãe
Mas que traz você enfim?

Leonor
Inês já está prometida
A algum homem de bem?

Mãe
Até agora com ninguém,
Por que pergunta, querida?

Leonor
Em nome do Anjo bento,
Eu lhe trago um casamento.
Será que isso lhe apraz?

Inês
P'ra quando, Leonor Vaz?

Leonor mostra a Inês que traz consigo uma carta.

Leonor
Pois já está cá o pedido.

Inês
Mas meu futuro marido

5 Região de Portugal onde se passa a peça.

Há de ser inteligente,
Mesmo que pobre indigente.
De boa prosa, divertido,
Assim que eu o tenho em mente!

Leonor
Eu lhe trago um bom partido,
Rico, honrado, conhecido...
Não é assim que você quer?

Inês
Antes de tudo, mulher,
Quero saber de antemão:
Ele é parvo ou sabichão?

Leonor
Nesta carta que lhe entrego,
Ficará sabendo de tudo.
Mas uma coisa não nego:
É homem rico, o sortudo.
Você sabe ler, não sabe?

Mãe
Aprendeu latim c'um abade...

Inês
Sei latim, sei português,
Me dá a carta d'uma vez...

Inês Pereira lê a carta em voz alta:
Minha dona Inês Pereira,
Pero Marques, um amigo,
Que Deus esteja consigo!
Bem sei que está solteira,
Por isso a carta lhe envio,
E com receio de extravio,
Pedi a Leonor Vaz...

Inês
Como enrola esse rapaz!

Leonor
Não leia com má vontade,
Não há outro assim na cidade!

Inês Pereira prossegue com a carta:
Eu quero pedir-lhe a mão,
E da mãe a aprovação,
Casemo-nos em boa hora,
E a farei minha senhora!
O que acha dessa proposta?
Mande-me logo a resposta!

Inês
Nunca vi em minha vida
Pessoa tão sem propósito.

Leonor
Pense bem, minha querida,
Que vultuoso depósito!
Raio não cai duas vezes
Em um mesmo lugar...
Pense na fazenda, nas reses[6]
Que estão a lhe esperar.
Não é tempo de escolher,
Pero Marques é marido
Que toda moça sonha em ter!

Mãe
Eu mesma é que não duvido:
Um cavalo pra derrubar,
Se tem asno pra carregar?!

Leonor
Não fique a pensar na vida,
O tempo passa ligeiro
Como pedra na descida,
Por isso agarre o primeiro!
Posso chamá-lo aqui?

---

6 Animais quadrúpedes usados na alimentação humana.

Inês
Se é para me fazer rir,
Então pode sim chamá-lo,
Já que é asno e não cavalo!

Mãe
Vá então se enfeitar, menina,
Logo chega o pretendente!
Não demora vira a esquina,
E a vê assim displicente!

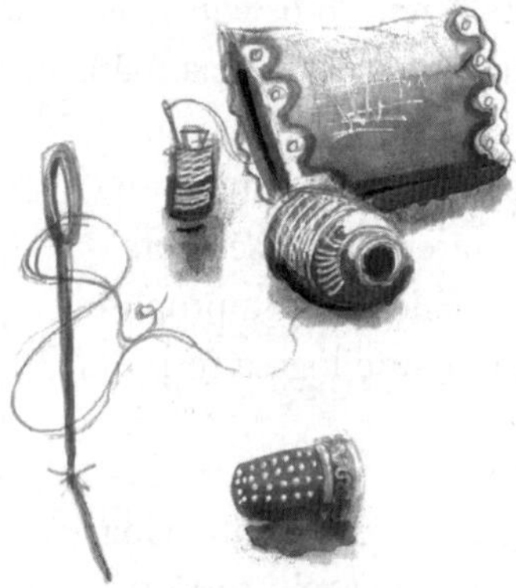

Inês
Ah, mas essa é muito boa,
Enfeitar-me p'ra tal pessoa!
Caipira como ele só,
Não merece meu perfume,
Se duvidar o bocó
Deve cheirar a estrume!

Entra Pero Marques, vestido como filho de lavrador rico, com um casaco de capuz sobre o ombro.

Pero
Esta deve ser a rua,
Onde vive a minha Inês.
E ali está a casa sua,
É chegada a minha vez!

Pero Marques se aproxima de onde elas estão.

Pero
Eu sou, minha senhora,
O dono daquela carta.
Diz para mim, sem demora,
Quer que fique ou que parta?

Mãe
Pois tome aquela cadeira.

Pero
Quanto a senhora quer nela[7]?

7 Pero Marques pensa que a mãe de Inês lhe ofereceu a cadeira para comprar.

Inês (à parte)
Ai, Jesus, mas quanta asneira,
Que figura burra aquela!

Pero Marques senta-se de costas para elas, parecendo sequer saber usar uma cadeira.

Pero
Penso que não estou bem,
Desculpem-me se reclamo...

Mãe
Qual é seu nome rapaz?

Pero
Pero Marques eu me chamo,
Assim co'o meu pai também...
Que Deus o tenha em sua paz!
Deixou-me de bom tamanho
U'a fazendola e um rebanho,
De bom número é meu gado...

Mãe
Então esse é o seu estado?

Pero
É meu estado de momento,
Estou apto ao casamento,
Se a senhora assim quiser
Dar Inês co'o minha mulher...
Eu trago peras por ora
Tiradas da minha *pereira*...

Inês
Essa é muito boa agora,
Minha mãe virou fruteira!

Pero
E de onde saíram essas
Tem muito, muito mais,
Não é, dona Leonor Vaz?

Leonor
Um pomar cheinho à beça!

A mãe e Leonor Vaz saem. Ficam os dois a sós.

Pero
Sua mãe se foi? Ora bem!
Estamos os dois sozinhos,
Falará de nós alguém?
O que não falta são vizinhos!

Inês (à parte)
Que galante sem-vergonha!

Pero
Mas se fôssemos casados,
Seria bem diferente...

Inês (à parte)
Mas que sujeito pamonha,
Os homens só têm em mente
Namoros descompromissados,
E este atrás de casamento!

Pero
Vejo que não é seu intento
Casar-se comigo, não?

Inês
Por ora não é intenção...

Pero
Pois não vou insistir mais,
Mas dona Leonor Vaz...

Inês
Com ela, já, já me entendo,
Não se preocupe co'isso.

Pero
Mas não terei compromisso.
Com ninguém agora me prendo,
Até me dizer que não quer
Ser depois minha mulher!

Pero Marques vira as costas e começa a se distanciar, resmungando, à parte:
Mulheres são sempre assim,
Gastei sola de sapato,
Gastei todo meu latim,
E o que eu ganhei de fato?

Volta, dirigindo-se a Inês:
Lembre-se minha senhora,
Qualquer dia voltarei,
Eu posso não ser um rei,
Mas não sou de jogar fora!

Pero Marques sai.

Inês
Oxalá não volte mais,
Não é esse que procuro,
E dona Leonor Vaz
Deu foi um tiro no escuro.

Volta a Mãe.

Mãe
Pero Marques foi embora?

Inês
Para nunca mais voltar!

Mãe
Formavam um belo par...

Inês
Ah, não me venha a senhora!
Vou-lhe dizer mais u'a vez:
Mãe, eu não me casarei
Senão com homem sabido,
Que saiba cantar... Talvez
Dançar, e tocar de ouvido...
Não precisa ter dinheiro,
Ser um rico fazendeiro,
Mas que seja inteligente,
Não como aquele demente
Que queria ser marido!

Mãe
A vida não é só festa,
Sem dinheiro p'ra viver,
Ela vai ser indigesta!
De que adianta tanger[8],
Se não tem o que comer?

Inês
Cada um com sua mania,
Tem quem goste de água quente,
Mas eu gosto é de água fria...

Mãe
Eu não entendo essa gente...
Então, quais os planos seus?

Inês
Vêm aí os dois judeus,
Famosos casamenteiros[9].
Dessa cidade, os primeiros
No ramo do matrimônio!

Mãe (à parte)
Ai, que perdeu patrimônio!

---

8 Tocar um instrumento.
9 Os judeus casamenteiros faziam o papel da alcoviteira.

Entram os judeus casamenteiros, Latão e Vidal.

Latão
A senhora é dona Inês?

Inês
Sou sim. E vocês, quem são?

Vidal
Sou Vidal e ele, Latão.

Inês
Já esperava por vocês.

Latão
Pois então quer um marido?

Inês
E que seja ele sabido,
Que saiba tocar viola,
Que cante bem barcarola.
Quero uma vida de festa,
Já ouviu falar em seresta?

Latão
Tínhamos o homem perfeito...

Vidal
Estava quase no jeito...

Latão
Seu nome era Badajoz[10]...

Vidal
Da corte a mais linda voz...

Inês
E por onde anda o espanhol?

10 Famoso músico espanhol.

Latão
Pois escapou-nos do anzol...

Vidal
Falamos em casamento...

Latão
A voz do homem afinou...

Inês
Oh, meu Deus, quanto tormento!
Mais essa agora, que horror!

Vidal
Mas nem tudo está perdido...

Latão
Achamos um escudeiro...

Vidal
Sabido, esperto, solteiro...

Latão
Disposto a virar marido!

Inês
Sabe tanger e bailar,
Tem voz afinada e grossa?

Vidal
Se é voz afinada? Nossa!

Latão
Quando canta é um trovejar!

Entra o escudeiro com seu criado, que lhe traz uma viola.

Escudeiro (falando para o criado)
E se Inês for mesmo a tal
Que os judeus me pintaram,

Graciosa e jovial,
O que tenho eu a perder?
Sei cantar e sei tanger.
E, sem modéstia falsa,
Sou tremendo pé de valsa!

Mãe (falando para Inês)
Quando vier o escudeiro,
E for homem de maneira,
Ouça bem, Inês Pereira,
Antes de tudo, primeiro,
Comporte-se como dama.
Moça boa não tem fama!
E fique séria, sisuda,
Só não fale, fique muda!
Pois é isso que lhe peço,
Lembre-se: nada de excesso!

Escudeiro (falando para o criado)
Pois escute bem, Fernando,
Vou-me encontrar com a moça,
Então só faça o que eu mando.
Não pise em lama, na poça,
Comporte-se com mesura,
Lembre-se bem, criatura,
O negócio é o seguinte:
Caso-me, por conseguinte,
Você também sai ganhando.
Chega de golpe, Fernando!

Criado (à parte)
Não me venha co'o essa não,
Conheço-o bem, maganão[11]!

Escudeiro
Não diz nada, fique mudo,
Deixe-me que fale tudo.
Se der vontade de rir,

11 Malandro, trapaceiro.

Peça licença e saia.
Gente da minha laia,
É mestre na arte de mentir!

Criado
Co'o mostrar educação
Se eu ando de pé no chão?
Eis aqui o meu retrato,
Enxovalhado e sem sapato!

Escudeiro
Você sabe da labuta
Que eu enfrento todo dia.
A batalha é sempre bruta,
O que é que você queria?
Veja você, companheiro,
Sou das armas, escudeiro,
Sei o que é uma batalha,
Por isso, não me atrapalha!

Criado (à parte)
Está dando de valente,
Escudeiro incompetente...

Escudeiro
Esta aqui é a aldeola,
Onde vive a tal Inês.
Onde está a minha viola?
Dê-me logo de uma vez,
Que impressiono de pronto,
Não sou bobo, não sou tonto,
Se quer marido festeiro,
Eis aqui o tal escudeiro!

Mãe (falando para Inês)
Está indo ao paraíso,
Mas vê se toma juízo...

Inês
Será meu o prejuízo
Se fizer a coisa errada,

Mas será muito mais triste,
Se casar com parvoíce!

Mãe
Se nisso você insiste,
Eu é que não faço nada...

Inês
Ai, como é seca a velhice,
Deixe-me curtir a vida,
Já cansei-me desta lida,
Antes esperteza que tolice!

Chega o Escudeiro, acompanhado de seu criado Fernando, onde estão Inês, sua mãe e os judeus casamenteiros.

Latão
Ó meu prezado Escudeiro,
Digníssimo Brás da Mata,
Vê do seu cancioneiro
Uma canção que arrebata!

O Escudeiro canta uma de suas canções preferidas. Os olhos de Inês brilham de felicidade.

Vidal
Bela cantiga de amor!
Não há melhor cantador
Que este meu nobre escudeiro,
De nossa terra, o primeiro!

Latão
Aí está, Inês Pereira,
Para você um bom marido,
Não o que a casamenteira
Ofereceu-lhe como partido!

Vidal e Latão começam a elogiar descaradamente o Escudeiro.

Vidal
É figura apessoada...

Latão
E não é mal-ajambrada...

Vidal
Não é homem rabugento...

Latão
E se fosse era um tormento...

Vidal
Tem modos de homem cortês,

Latão
Sorte a sua, dona Inês!

Vidal
Eu, se fosse uma mulher,

Latão
Casar-me-ia lá na Sé!

Mãe (à parte)
Ai que vontade de rir,
Esses dois casamenteiros,
Juro que assim nunca vi!
Parecem mais galhofeiros...

Latão
Pois, senhora dona Inês,
É de interesse talvez,
Casar-se com o Escudeiro,
Um homem digno e festeiro?

Inês
Chega de vida doméstica,
Lavar, costurar e varrer,
Lembrar disso, estou p'ra ver,
Já me sinto como amnésica!
Aceito-o como marido,
De todos melhor partido.

Escudeiro
Nome de Deus assim seja,
Eu, Brás da Mata, escudeiro,
Recebo você, Inês P'reira,
Por mulher e por parceira,
Como manda a Santa Igreja!

Inês
Aqui diante de Deus,
Eu, senhora Inês Pereira,
Pelos propósitos meus,
Por vontade verdadeira,
Recebo o escudeiro Brás,
Sem demora e sem demanda,
Para viver junto e em paz,
Como a Santa Igreja manda!

Os judeus
Pois agora Inês é casada,
E Brás da Mata é marido.
Com ela comprometido,
Está com ele arranjada!
Ergam as mãos para o céu,
E, Inês, não esqueça o seu véu[12]!

Mãe
Vamos chamar toda gente,
Vamos todos p'ro quintal,
Vou fazer um bolo quente
P'ra esse dia especial!

A Mãe sai de cena.

Escudeiro
Ai, ai, que pobre marido,
Quem me dera ser solteiro...

12 Os judeus instigam Inês a usar o véu, obrigatório nos casamentos em sua religião.

Inês
Ué, já está arrependido?

Escudeiro
Casamento é cativeiro...

Entra a Mãe, com moças e moços para fazerem a festa. Uma das moças se chama Luzia.

Luzia
Inês, que Deus a proteja,
Oh, que esposo e que alegria!

Inês
Que bom ver você, Luzia,
E sempre à vontade esteja!
Pois vamos dançar que é festa,
Arranje um par bem depressa,
Que bailar é bom à beça,
Tudo mais é que não presta!

Todos cantam e bailam juntos. Depois, cada convidado fala ao casal.

Criado
Inês P'reira e Brás da Mata,
Deus esteja com vocês.
Na vida, às vezes ingrata,
A sorte vem só uma vez.
Esta fala é meu presente,
É pouco e de boa mente.

Luzia
E fiquem vocês com Deus,
Com prazer e com saúde,
Sempre Ele a vocês ajude,
Como um pai ajuda os seus.

Mãe
Fique com Deus, minha filha.
Tem hoje a sua família,

Voou com sua própria asa.
Precisa agora de casa,
Pois lhe dou esta que é minha,
E agora que estou sozinha,
Vou para a casa pequena,
Assim eu saio de cena.
Ao senhor, genro querido,
Só peço que trate Inês
Com todo amor de marido.
É sua primeira vez,
Por isso todo cuidado,
Está o senhor avisado!

A Mãe e os outros convidados saem. Ficam Inês, o Escudeiro e o Criado. Inês começa a cantar, o que deixa o Escudeiro irritado.

Escudeiro
Gosta de cantar, Inês?
E que seja a última vez!
Se a vir de novo a cantar,
Eu a farei assoviar!

Inês
Mas, senhor Brás, meu querido,
Você disso não é servido?

Escudeiro
Era, agora não sou mais,
E não cantará jamais!
E outras coisas saberá.

Inês
Por que está bravo comigo?
Fala a mim como inimigo!

Escudeiro
Será de agora em diante
Bem diferente do que era...
O que é que a senhora espera?

Que eu toque, dance e que cante,
É essa a vida que quer?
Faça-me o favor, mulher!
Não falará com ninguém,
Não sairá daqui de casa,
Nem irá à igreja também,
Pois já cortei-lhe sua asa!
Preguei todas as janelas,
Será aqui como convento,
Quer rezar, acenda velas,
Eis o que é seu casamento!

Inês
Que fiz p'ra merecer isso?
Por que me dá tal prisão?

Escudeiro
Agora é meu compromisso
Dar-lhe a proteção.
Você não é meu tesouro,
Minha arca, meu pote d'ouro?
Tenho que guardá-la então!

Inês
Ai, será essa minha sina?
Que fiz, Deus, p'ra merecer?

Escudeiro
Você agora é minha mina,
De pedras, ouro e prata.

Inês
Não faça assim, Brás da Mata!

Escudeiro
E tem mais, não quero ver
Um pelinho no assoalho.
Aqui em casa, você
Faz todo, todo o trabalho!

(Ao Criado)
Eu vou às partes d'além,
Vou-me fazer cavaleiro.

Criado
Vou com o senhor também?

Escudeiro
Você há de ficar aqui,
Olhando a minha senhora.
E não a deixe sair,
Não a deixe ir-se embora!

Criado
Ficarei a ver navio
Sem comida desvario...

Escudeiro
Pule o muro, vá a quintais,
Que não falta são frutais:
Tem ali uma mangueira,
Mais abaixo, uma figueira,
Só uma coisa, rapaz,
Não chegue perto da pereira!

Sai o Escudeiro.

Criado
Olhe bem, minha senhora,
Eu não posso fazer nada.
Seu marido já foi embora,
Ficará por mim cuidada.
Mas quero me divertir,
Por isso me vou lá fora,
Moças esperam por mim!
Então lhe peço perdão,
Mas vou trancar o portão!

Inês fica sozinha em casa, trabalhando e cantando triste cantiga.

Inês (falando)
Fui enganada, não nego,
Pensava que um escudeiro
Fosse um nobre cavalheiro,
Ai, meu Deus, agi co'o um cego
Que não quer ver a verdade...
Ah! Senhor, seu Brás da Mata,
Para que tanta maldade?
Oh! Pessoa mais ingrata!
Era feliz, não sabia,
E agora é assim meu dia,
Trancada feito uma freira,
Pobrezinha Inês Pereira!

Entra o Criado com uma carta vinda de Arzila[13].

Criado
Esta carta vem d'além,
Creio que é de meu senhor.

Inês
Mostre logo, por favor,
Vamos às notícias que tem!

Inês lê o sobrescrito:
"À mui prezada senhora
Inês Pereira da Grã,
A minha querida irmã...

Inês
Carta de meu irmão, ora!

Criado
Seu irmão está em Arzila?

---

13 Região de Portugal.

Inês
Foi-se há tempos desta vila...

Criado
Decerto traz novas do amo,
E que há três meses partiu...

Inês (à parte)
Como sofre esse mocamo,
Pois ao demo que o pariu!

Criado
Leia a carta, dona Inês,
Vamos ver o que Brás fez!

Inês
Menos que carta, é um bilhete,
Pois poucas linhas contém.
Pegue-me ali o tamborete,
Boa notícia não vem!

Sentada, Inês Pereira lê a carta:
“Irmã querida e estimada,
Tenha mais força nessa hora,
Esteja você prep’rada...”
Ai, minha Nossa Senhora!

Continua:
“Fugindo Brás da batalha,
Escondeu-se em uma vila
A meia légua de Arzila...”

Inês (à parte)
Oh, que escudeiro canalha!

Continua:
“Matou-o um mouro pastor.”

Criado
Oh, meu amo e meu senhor!

Inês
Dá-me logo aqui essa chave,
E vá buscar nova vida.

Criado
Oh, que triste despedida!

Inês
Mas que nova tão suave!
Desatado está o nó!
E, se eu dele tenho dó,
O diabo me arrebente!
Para mim era valente,
E matou-o um mouro só!
Chega de sofrer na vida,
Nas unhas de um valentão,
Mas viúva? Fico não!
Ao diabo co'essa lida,
Quero mais é aproveitar,
Arrumo um marido manso,
Pois me folgo e não me canso!

Entra Leonor Vaz, e Inês Pereira finge estar chorando.

Leonor
Como está indo, Inês Pereira?

Inês
Bem triste, Leonor Vaz.

Leonor
Inês, Deus sabe o que faz.

Inês
Tenho rezado co'o freira!

Leonor
Se ao menos 'stivesse prenha...

Inês
Se tivesse dele herdeiro...

Leonor
Paciência peço que tenha,
O poço é muito mais fundo,
Foi-se Brás, o seu primeiro,
Mas logo vem o segundo!

Inês
Que a senhora quer dizer?

Leonor
Outro marido p'ra você.

Inês
Mas quem perdeu tal marido,
Tão discreto e tão sabido,
Amigo de minha vida...

Leonor
Dê já isso por esquecido,
Busque logo outra guarida.
Pero Marques inda a espera,
Esse é manso, não é fera...
Herdou fazenda de gado,
Isso não é de seu agrado?

Inês
Gato escaldado, minha tia,
Tem medo de água fria...

Leonor
Vou lá buscar Pero Marques,
Não dê ouvido aos ataques,
Que porventura virão...
Mais vale uma ave na mão!

Leonor Vaz sai para buscar Pero Marques, e fica Inês sozinha.

Inês
Andar! Pero Marques seja!
Quero tomar por esposo
Quem se tenha por ditoso
De cada vez que me veja.
E venha logo que o espero,
Asno que me leve quero,
E já cavalo mais não,
Antes lebre que leão,
Antes lavrador que Nero[14].

Entra Leonor Vaz com Pero Marques.

Leonor
Sem mais cerimônia agora,
Eis aqui Inês, com quem sonha,
Toma-a por sua senhora...

Pero
Ai, meu Deus, quanta vergonha...
Só depois do casamento,
Me sentirei à vontade,
Há de chegar o momento...

Leonor
Esse é homem de verdade!

Inês (à parte)
Oh, meu Deus, como fui tola,
Chega de cortar cebola!

Leonor
Chega desse trololó,
E vamos ao casamento,
Inês não está mais só,

14 Imperador de Roma, de fama cruel.

Eis que chegou o momento
De Deus unir esses dois!

Pero
Estou casado, ora pois!

Leonor
E vou-me partir agora,
A festa é para depois,
Adeus, senhor e senhora,
Mando buscar os meus bois[15]!

Sai Leonor.

Inês
Preciso agora sair...

Pero
Pode evacuar aqui[16],
Eu vou ali para fora,
Me avise, minha senhora,
Quando terminar a obra.

Inês (à parte)
Só burrice é que lhe sobra!

(falando para Pero)
Não é isso, meu marido...

Pero
Que disse você, mulher?

Inês
Ir folgar onde eu quiser.

Pero
Está tudo permitido,

15 Refere-se ao seu pagamento.
16 Pero acha que sua mulher quer defecar.

Vá aonde você quiser ir,
Venha quando quiser vir,
Com que pode você folgar
Que eu não deva consentir?

Inês (à parte)
Marido co'o esse não há!

Vem pedir esmola um ermitão que em moço quis bem a Inês.

Ermitão
Senhores, por caridade,
Esmolas para um coitado.
Eu vivo como um abade,
Numa ermida encerrado.
Tristeza que eu só contemplo
Dentro daquele meu templo.
Lá passo os dias orando,
Lá passo os dias chorando,
Esta é agora minha sina,
Sem o amor de minha menina,
Resta-me o isolamento,
Ermida, abadia, convento,
Deem nome que quiser,
Depois que foi-me a mulher,
Que farei eu desta vida?

Inês
Olhe isso, marido amigo,
Que pessoa mais sofrida,
Eu tenho por devoção,
Sempre tive isso comigo,
Dar esmola a um ermitão.

Pero
Vamos embora, mulher.

Inês
Deixe-me que leve a esmola
Aonde vive o pobre coitado...

Pero
Faça você co'o quiser,
Eu é que não lhe dou bola...

Pero Marques se afasta.

Ermitão
Oh, que estou maravilhado,
Uma alma tão generosa,
Tão bela como uma rosa,
Será uma honra recebê-la
Em minha humilde pousada.
Espero então logo vê-la,
Como antes, enamorada...

Inês
Agora sei quem você é,
Lembro-me perfeitamente,
Jesus, Maria, José!,
Como está tão diferente!

Ermitão
Andava eu apaixonado,
Que ainda não a esqueci...

Inês
Oh, que saudades tenho eu
Daquele tempo d'outrora!
Agora sou uma senhora,
Mais nada tenho de seu...

Ermitão
Venha me encontrar mais tarde.

Inês
Já lhe disse, estou casada.

Ermitão
Seu marido é uma piada!
Venha, mas não faça alarde...

Inês
Sua ermida, como eu acho?

Ermitão
É fácil, pule o riacho,
Logo você saberá onde.

Inês
É lá que você se esconde?

Ermitão
Vá lá, não seja cruel!

Inês
Lá irei em romaria,
Colocarei o meu véu...

Chega Pero Marques e sai o Ermitão.

Inês
Leve-me, meu coração,
À ermida do ermitão,
Sejamos nós caridosos
Com aqueles desditosos...

Pero
Faço tudo o que quiser,
Pois não é minha mulher?

Inês
Temos que passar o rio,
Oh, meu Deus, como está frio!

Pero
Pois tenho-lhe uma proposta:
Suba aqui nas minhas costas...

Põe-se Inês Pereira às costas do marido.

Inês
É marido de verdade!

Pero
Só faço a sua vontade.

Inês
Estou é no paraíso!

Pero
Não é assim: manda quem pode,
Obedece quem tem juízo?!

Inês
Ai, que tenho quem me acode!
Vamos cantar, meu marido?

Pero
Mas só que eu não sei cantar...

Inês
Só cante quando eu mandar.

Canta Inês Pereira:

Inês
Marido cuco[17] me leva,
E mais dois pedregulhos...

Pero
Antes isso a dois bagulhos!

Inês
Pela Santa Genoveva,
Meu marido me carrega,
E mais duas pedrazinhas...

17 Corno, marido enganado.

Pero
Antes isso a duas galinhas!

Inês
Ai, como eu estava cega,
Um marido me transporta,
Feito burro, é o que importa!
Mais duas duras penhas...

Pero
Antes isso a duas prenhas!

E assim vão, acaba-se o dito auto.

LOUVADO SEJA DEUS.

QUEM CASA, QUER CASA

Martins Pena

Adaptação de
Alexandre Azevedo

MARTINS PENA.

Brasileiro, nasceu no Rio de Janeiro em 1815 e faleceu em Lisboa em 1848. Filho do desembargador João Martins Pena, ficou órfão de pai com um ano de idade. Sua mãe, Ana Francisca, casou-se novamente, e o padrasto, Antônio Maria da Silva Torres, deixou-o aos cuidados de tutores, que o encaminharam para o comércio.

Aos vinte anos, Martins Pena concluiu o curso, mas concomitantemente frequentava a Academia Imperial de Belas Artes. Era um estudante abnegado, que tinha boa noção de história, idiomas, música, arquitetura e literatura.

Sua precocidade foi premiada duplamente em 1838, quando entrou para o serviço diplomático e teve a primeira peça encenada, O juiz de paz na roça, *no Teatro São Pedro, pela prestigiada companhia do ator João Caetano. Nos dez anos seguintes, Martins Pena escreveu quase trinta peças, a maioria comédias de costumes. Sua dedicação ao gênero se explica pelo tipo de apresentação da época: era comum que os teatros encenassem um drama sério como atração principal, seguido de uma farsa leve. Geralmente essas peças eram estrangeiras; Martins Pena foi um dos primeiros autores nacionais a perceber a oportunidade de ocupar esse espaço. Logo se popularizou com a criação de tipos brasileiros, facilmente identificados pelo público do Rio de Janeiro. Explorou também situações familiares e assuntos expressivos para a época, como o casamento por interesse, a disputa por herança, a carestia e a desonestidade dos comerciantes, a corrupção das autoridades públicas, o contrabando de escravos... Assuntos sérios, mas tratados com a necessária leveza da comédia.*

Em 1847, viajou como adido da embaixada brasileira para Londres, onde contraiu tuberculose. Estava prestes a retornar ao país quando faleceu em Lisboa, em 1848. Tinha 33 anos de idade.

Seu legado foi a capacidade de registrar, com bom humor, a época e o lugar em que viveu. O crítico Sílvio Romero (1851-1914) escreveu que "se se perdessem todas as leis, escritos, memórias da história brasileira dos primeiros 50 anos desse século XIX [...] e nos ficassem somente as comédias de Martins Pena, era possível reconstruir por elas a fisionomia moral de toda esta época" (ROMERO, Sílvio. História da literatura brasileira. *vol. 4. Rio de Janeiro: José Olympio, 1980. p. 1364).*

AS CENAS SE passam em uma cidade qualquer dos dias atuais, de preferência em uma cidade do interior, que ainda preserva alguns hábitos religiosos, como as procissões com homens vestidos de hábito e tochas nas mãos e com crianças vestidas de anjinho.

MOTE: QUEM CASA, QUER CASA, LONGE DA CASA ONDE CASA

PERSONAGENS

Nicolau (marido de Fabiana)
Fabiana (mãe de Olaia e Sabino)
Olaia (mulher de Eduardo)
Sabino (marido de Paulina)
Eduardo e Paulina (irmãos)
Anselmo (pai de Eduardo e Paulina)
Joana (empregada)
Dois meninos (vestidos de anjinho, também filhos de Fabiana e Nicolau)

ATO ÚNICO

Sala de uma casa, com uma porta ao fundo, duas à direita e duas à esquerda. Na sala, mesa, cadeiras, sofás, estantes etc.

CENA I

Em cena, Paulina e Fabiana. Paulina junto à porta da esquerda e Fabiana no meio da sala. Ambas nervosas.

Paulina (de braços cruzados e batendo o pé): Agora quem manda aqui *soy yo*!

Fabiana (irritadíssima): Ora, essa é muito boa! A casa é minha!

Paulina (no mesmo tom): Mas agora quem manda nela sou eu!

Fabiana (indignada): Que desaforo! Onde é que já se viu isso? Vamos ver quem é que manda!

Paulina (saindo): Vamos ver! Vamos ver!

Fabiana (sozinha na sala): Ai, que situação! Isso não pode estar acontecendo! Duas mulheres dando ordens em uma só casa... é o inferno! É o inferno! Duas donas?! *(Caindo em si)* Mas o que estou dizendo? A dona aqui sou eu; esta casa é do meu marido! Então é ela quem deve me obedecer, já que é a minha nora! Ela que vá dar ordens na... *(interrompe, batendo três vezes na boca).*

Paulina (aparecendo à porta, como criança): Eu que mando! Eu que mando! Eu que mando! Lá, lá, lá, lá, lá, lá! *(Sai).*

Fabiana (puxando os cabelos de tanta raiva): Maldito dia em que essazinha se casou com meu filho! Ah, se arrependimento matasse!... É isso aí todo dia! Não sabe o meu filho que quem casa, quer casa? Já não aguento mais! Um dia essa casa cai, e então veremos! *(Lá dentro, de maneira espalhafatosa, alguém toca bateria.)* Ai, que lá está o outro com o maldito trambolho! É isso o que se vê: meu filho se casa e traz a mulher para a minha casa... É uma descarada, que tenho de aturar! E o pior de tudo é que a minha filha se casou com o irmão da minha nora e vieram todos para cá! *(O som da bateria está cada vez mais alto.)* Sujeito preguiçoso, indolente, um mosca-morta que não serve pra nada! Depois que ouviu no clube um sujeito tocando bateria, pegou mania disso... É todo dia um teteté, tatatá infernal! Já não tenho mais idade para isso! *(Gritando para a direita)* Ó homem de Deus, pare com esse maldito barulho! *(Chamando pela filha)* Olaia! Olaia! Onde é que se meteu essa menina?!

CENA II

Em cena, Olaia e Fabiana.

Olaia: O que é que foi, mãe? Que gritaria é essa?

Fabiana: Não está escutando?! O estrupício do seu marido, que não para com essa maldita bateria!

Olaia: Deixe pra lá, mamãe, você sabe que é impossível fazer ele parar...

Fabiana: Impossível?! Quer dizer que eu tenho de aguentar, na minha casa, esse maluco batendo caixa o dia inteiro?!

Olaia: E não tem? Nem bem levantou da cama, vestiu a roupa daquele jeito e já começou a tocar...

Fabiana (interrompendo-a): Tocar?! Você chama isso de tocar?!

Olaia: Não teve a capacidade nem de pentear os cabelos! Sentou no banquinho e *(fazendo o movimento com as mãos como se tocasse bateria)* tá, tá, tá! Tá, tá, tá! Parece possuído pelo diabo: os olhos arregalados diante daquele negócio todo, os cabelos embaraçados, suando em bicas, os braços num vaivém que dá tonturas! Eu é que não vou lá! Não tenho coragem!

Fabiana: Esta é uma verdadeira casa de orates, minha filha!

Olaia (sem entender): Casa de quem, mãe?

Fabiana: Uma casa de loucos, Olaia! Um hospício! Um manicômio! Ai, meu Deus do céu!

Olaia: E não é? Não vê o Eduardo? Ainda nem tomou o café... acho que nem vai almoçar...

Fabiana: Olaia, minha filha, sua mãe não resiste por muito tempo... Esse barulho todo...

Olaia (desanimada): Se eu tivesse como consertar isso...

Fabiana (indignada): Olha que situação a minha: seu irmão se casou e, como não tinha dinheiro para o aluguel de uma casinha, o que fez? Arranchou-se de mala e cuia aqui com a mulher! E o que mais podia acontecer, hein? O irmão dela – daquela excomungada! – vinha visitar com frequência, e o que aconteceu? Hein, Olaia, o que aconteceu? Você passou a namorar ele... e acabaram se casando! E caiu tudo nas minhas costas! Ai, que não aguento com tanto peso! Sou mesmo uma besta de carga! Uma mula! Isso é que sou!

Olaia: Mamãe, não fale assim!

Fabiana: Ela *(fazendo o gesto com o dedo como quem quer vomitar)*, a minha nora, não passa de uma atrevida que quer mandar na minha própria casa! E ele *(repetindo o gesto)*, o meu genro, um vagabundo, um tranqueira, que só pensa em bater caixa, e nada de ganhar a vida! E você, Olaia, e você? Uma pateta, patetona, incapaz de dar um conselho que seja ao *bon vivant* do seu marido!

Olaia: Ele só sabe gritar, mamãe...

Fabiana (indignada): Pois então grite mais alto! Você sabia que esse é o único meio de as mulheres se fazerem ouvir, sabia? Você é mesmo uma molengona, hein?! Seu irmão, casado com aquela diaba, também não tem força nenhuma pra enfrentar a língua de serpente e o geniozinho de víbora dela... E o seu pai? O dono da casa podia pôr fim a toda essa bagunça... Mas qual! Não pensa senão na beatice: sermões, terços, novenas, procissões, festas... Não passa de um papa-missas! Esta casa ao deus-dará... E eu é que pago o pato! Ah, isso não pode continuar; há de ter um fim... Ah, se vai!

CENA III

Em cena, Eduardo, Fabiana e Olaia. Eduardo veste-se de maneira relaxada. Seu cabelo é comprido e embaraçado. Com ele, duas baquetas da bateria.

Eduardo (à porta): Olaia, volte! Vem me escutar, Olaia!

Fabiana (chamando-o): Psiu, psiu, ei, ei, vem cá!

Eduardo (ainda à porta): Agora não, estou muito ocupado. Olaia, vem aqui, querida!

Fabiana (chegando-se até ele e pegando-o pela mão): Fale primeiro comigo. Tenho muito o que lhe dizer!

Eduardo: Então fale depressa que não quero perder um minuto dos meus estudos!

Fabiana: Deixe um pouco de berliques e berloques e ouça o que tenho a dizer!

Eduardo: Peraí! Peraí! Quero que aproveitem um momento do que é bom e sublime; sentem-se, por favor! *(Obriga-as a se sentarem em frente à porta do quarto e toca a bateria, tirando sons extravagantes.)*

Fabiana (levantando-se enquanto ele toca): Que coisa! Esse homem não larga esse trambolho de latas por nada! Ai, ai, ai!

Olaia: Eduardo, Eduardo, escute a mamãe! Não vê que ela está aflita?! Largue esses pauzinhos, Eduardo! *(Entra no quarto e pega as baquetas dele.)*

Fabiana: Largue um pouco esse troço, homem! Como faço pra você me escutar?

Eduardo (sai do quarto e tira da mulher as duas baquetas): Me deixem acabar! *(Volta ao quarto e toca entusiasmado.)* Me deixem acabar, que hoje estou inspirado! Ah... ah... *(Sai do quarto e, com uma baqueta, ameaça bater na cabeça de Fabiana.)*

Fabiana: Não se atreva, seu crápula! *(Fugindo para dentro.)*

Olaia (após Eduardo bater com uma baqueta em seus dedos): Ai, minha mão, Eduardo!

Eduardo (em êxtase, como roqueiro): Iéééééééé! Uhuhuhuhuhhu!

Fabiana (voltando, ao ver o genro pulando e gritando): Nossa! Mas que coisa! O homem enlouqueceu de vez!

Eduardo (ofegante): Acabou! Agora pode falar, minha querida sogrinha, sou todo ouvidos!

Fabiana: Pois vou falar mesmo, quer queira, quer não, que já estou com você por aqui! *(Faz o gesto, com a mão riscando o meio da testa.)* Decididamente já não aguento mais! Ou você joga fora esse trambolho ou...

Olaia: Mamãe!

Eduardo: Ou?!

Fabiana: Faz um ano que você se casou com minha filha e ainda está nas minhas costas! A carga é muito pesada, meu filho! Em vez de ficar aí o dia inteiro batendo caixa, por que não procura um emprego? Alugue uma casa e... vá viver em paz com sua mulher! Já não aguento mais viver em meio a intrigas e desavenças! Nossa casa virou um inferno! Procure uma casa, menino! Não conhece o velho ditado: "Quem casa, quer casa"?

Eduardo: Pois agora é a minha vez de falar! Primeiro: eu não bato caixa, eu toco bateria! Segundo: lembra-se do que lhe dizia quando tratávamos do casamento com sua filha?

Olaia (preocupada com que o marido vai dizer): Eduardo, Eduardo...

Eduardo: Não se recorda?

Fabiana: Não me lembro de nada. Procure uma casa pra morar com sua mulher!

Eduardo: Vou refrescar a sua memória. Eu dizia que não podia me casar, pois não tinha como montar uma casa e sustentar uma família. E o que a senhora me dizia?

Fabiana: Não me lembro.

Eduardo: Pois eu lhe digo: a senhora dizia que não íamos deixar de casar por conta disso. Que podíamos morar aqui, sem problema algum... E mais, dizia a senhora: numa casa onde comem dois, comem quatro! O que a senhora queria mesmo era desencalhar a sua filha, não é mesmo? Me tratava com educação, até mesmo com mimos... Depois de casado, a coisa mudou de figura. Agora só sabe gritar: "Procure casa! Procure casa!". Quer saber? Agora sou eu que não aguento mais! Não saio daqui nem por decreto! *(Senta-se de maneira resoluta e começa a bater uma baqueta na outra e a tocar uma bateria invisível.)*

Fabiana (indo em direção a ele): Vagabundo! Malcriado! Patife!

Olaia: Mamãe!

Fabiana (nervosíssima): Ai, ai, ai! Ainda hei de escalpelar esse sem-vergonha!

Olaia: Calma, mamãe! *(Para o marido:)* Sai daqui, Eduardo!

Eduardo (irritado, batendo o pé, como criança): Droga! Droga! Droga! *(Fabiana e Olaia recuam, receosas. Ele fala para Fabiana:)* Bruxa! Morcegona! Sanguessuga da minha paciência! Quem é que podia me dizer que essa velha se tornaria isso aí?

Fabiana (ofendida): Velha é a sua mãe, seu estúpido!

Eduardo: Antes de me casar com sua filha, eu era paparicado pela senhora, lembra? *(Com voz fina, como a imitá-la:)* "Eduardinho, o senhor é muito bom moço... Há de ser um excelente marido... Feliz daquela que casar com o senhor... Feliz da mãe que o tiver por genro..." Agora é coice para todo lado! Ah, mães, mães, espertalhonas! O que não fazem para se livrar das suas filhas! São mesmo umas ratazanas! Ah, se eu soubesse como seria depois...

Fabiana: E se eu soubesse como você era na verdade, te daria um...

Eduardo (irônico): Quer dançar uma valsa?

Fabiana (desesperada): Olhe que eu perco a compostura e...

Olaia: Se acalme, mamãe...

Eduardo (sai, cantando e dançando a valsa): Tralalalalá... tralalalalá... tralalalalá...

Fabiana (tentando correr atrás dele, mas sendo detida pela filha): Espere aí, maluco de uma figa! Deixe estar, ainda vou te pegar! Deixe estar, ainda vou te pegar!

Eduardo (imitando-a, lá do quarto): Deixe estar! Deixe estar!

Olaia: Se acalme, mamãe, não vê que ele só está querendo te irritar?

Fabiana: Eu ainda farei ele cantar e dançar, mas é debaixo de pancada! Ele não perde por esperar!

Eduardo (chegando à porta): Olaia, vem me ouvir tocar!

Fabiana (segurando-a): Não vá, Olaia, não vá!

Eduardo (insistindo): Olaia, estou esperando! Vem me ouvir tocar!

Fabiana: Não vá!

Eduardo (gritando, ao som da bateria): Vem, Olaiazinha, vem!

Fabiana (cede, empurrando-a): Vai! Vai! Vai lá com o seu diabo!

Eduardo (com ar vitorioso): Vem com seu maridinho, vem! *(Olaia vai.)*

CENA IV

Em cena, Fabiana.

Fabiana (no meio da sala): Oh, preciso tomar uma atitude... *(Senta-se à mesa e começa a escrever, repetindo em voz alta:)* "Prezado Sr. Anselmo Gomes. Seu filho e sua filha são duas pessoas muito malcriadas. Se o senhor hoje mesmo não procurar casa para que eles se mudem da minha, a coisa vai ficar feia. Atenciosamente, Fabiana da Costa." *(Falando:)* Quero ver o que ele vai responder! *(Fecha a carta e chama a empregada:)* Joana! *(À parte:)* Esse espertalhão do seu Anselmo o que quis foi empurrar a filha e o filho para fora de casa! E sobrou pra quem? Pra marmitona aqui! Estou cansada, já não dá mais! Agora ele que se vire! *(Gritando novamente pela empregada:)* Joana! Joana! Cadê essa mulher?

Joana (entrando na sala): Sim, senhora.

Fabiana: Leve esta carta para o seu Anselmo. Sabe quem é ele, não sabe? O pai do Eduardo e da Paulina.

Joana: Sei sim, senhora...

Fabiana: Pois, então, vai depressa. E não me vai ficar de conversinhas pelo meio da rua, hein? *(Joana sai.)* Agora vamos ver com quantos paus se faz uma canoa!

CENA V

Em cena, Fabiana e Nicolau, que veste um hábito monástico e segura uma trouxa embaixo do braço.

Nicolau (agitado, gritando): Cadê a Joana? Cadê a Joana? Ô Joana! (Dirige-se para a porta da direita.)

Fabiana (retendo o marido): Espere, quero falar com você!

Nicolau: Não pode ser depois? Agora tenho muito o que fazer. Estou com a roupa dos nossos dois meninos para a procissão de hoje! Onde está a Joana para ajudar com a roupa?!

Fabiana: Isso pode esperar, não pode?

Nicolau: Aí é que você se engana! Já estamos atrasados. Eu já volto!

Fabiana (nervosa): Você há de me ouvir! E é agora!

Nicolau (irônico): Pedindo assim, com tanta educação... Me diz lá, o que você quer? *(Volta a gritar pela empregada:)* Ô Joana! Mas onde é que foi parar essa bendita menina? *(Para a esposa:)* O que é que você tem a me dizer, afinal? Em poucas palavras, se for possível.

Fabiana: Em poucas palavras? Então lá vai: já não posso mais suportar meu genro e minha nora!

Nicolau: Ih, lá vem você de novo com essa ladainha de sempre!

Fabiana: Ladainha?! Você chama isso de ladainha?! Pois então escuta essa: se você não procurar uma casa para eles em dois dias, ponho eles pra fora daqui a pontapés!

Nicolau: Pois eu tenho lá tempo de procurar casa pros outros?

Fabiana (irônica): Oh, também o senhor não tem tempo pra coisa alguma! Todos os seus negócios vão por água abaixo! Por quê? Você sabe por quê? Pois eu lhe digo: porque só tem tempo para a igreja! Esta casa é um hospício, uma casa de doidos: todo mundo brigando o tempo todo, ninguém respeita pai, ninguém respeita mãe... E o que o senhor faz? Nada! Só pensa na sua carolice! Vive mais na igreja do que aqui!

Nicolau: Só procuro servir a Deus.

Fabiana: Mas pra que tanto exagero, homem? Esse excesso de devoção não é normal... Saiba que todo excesso é um vício!

Nicolau: Não blasfeme, mulher!

Fabiana (segura de si): Você pensa que nos atos exteriores é que está a religião? E que um homem, só porque veste um hábito, será perdoado de todos os seus pecados?

Nicolau (nervoso): Fica quieta, mulher! Você não sabe o que diz!

Fabiana (firme): E que Deus vê com bons olhos o homem que não cuida de sua família e da educação dos seus filhos, só porque anda de vela e terço na mão?

Nicolau (gritando): Nem mais uma palavra! Nem mais uma palavra!

Fabiana (firme): É nossa obrigação, é nosso mais sagrado dever servir a Deus, mas também é o nosso dever, nossa obrigação, sermos bons pais de família, bons maridos, orientar os filhos no verdadeiro temor a Deus. É isso que você faz? O que faz você pela paz da sua família? Nada! Que educação dá aos seus filhos, além de levá-los à procissão feito anjinhos? Eles nem sabem o que é uma procissão e que papel vão representar! Vão como crianças que são. O que querem são os doces que recebem!

Nicolau: Oh, está com o diabo na língua! Saia daqui!

Fabiana: O sentimento religioso está na alma, e ele transpira nas menores ações da vida. Eu, com este meu vestido, posso ser mais religiosa do que você com esse seu camisolão ridículo!

Nicolau (tentando tapar-lhe a boca): Cale-se! Cale-se! Herege!

Fabiana (escapando do gesto do marido): O hábito não faz o monge, Nicolau! Ele é, muitas vezes, capa de espertalhões que querem iludir o público, de hipócritas que se servem da religião como um meio de vida, de vadios que querem fugir do trabalho e de ratazanas que comem das irmandades...

Nicolau (desesperado): Cale-se! Quer que um raio caia sobre as nossas cabeças? Está me dizendo que eu não passo de um mero aproveitador?

Fabiana: Se a carapuça serviu...

Nicolau: Não quero ouvir mais nada! Nem mais uma palavra, Fabiana! Chega! *(Para Joana, que aparece na sala:)* Até que enfim, menina! Venha, me ajude a vestir os meninos! *(E saem.)*

Fabiana (seguindo os dois): Ainda não terminei, seu barata de igreja! Vai me escutar até que se emende!

CENA VI

Em cena, Fabiana e seu filho, Sabino. O rapaz é extremamente gago, o que o obriga a fazer contorções quando fala.

Sabino: O que foi, ma-mamãe?

Fabiana: Preciso falar com você também.

Sabino: Que ca-cara é e-essa? O que foi que a-a-con-conteceu?

Fabiana: O que aconteceu? Você ainda pergunta?! Os desaforos de sempre!

Sabino: De quem vo-você es-está fa-falan-lando, ma-mamãe?

Fabiana (irônica): Adivinha!

Sabino: De Pau-Paulina?

Fabiana (irônica): Não, não! Da rainha da Inglaterra! É claro que é dela! Sua bela adormecida não passa mais é de uma grandessíssima sem-vergonha!

Sabino: Mas é que a se-senho-nhora bri-briga mu-muito com e-ela...

Fabiana (nervosa): Ah! Agora eu é que sou a culpada! Você ainda defende aquela... aquela...

Sabino (começando a ficar nervoso): Não... não... é... é...

Fabiana (impaciente): Desembucha, menino! Desenrola, vai!

Sabino (quanto mais nervoso, mais gagueja): Eu... é... não... eu... é... não...

Fabiana: Ai, que eu não aguento isso! Canta, canta, rapaz, fala cantando, que só assim as palavras saem!

Sabino (cantando em tom de cantiga popular, como "Se essa rua, se essa rua fosse minha"): Se eu sou gago... se eu sou gago... foi foi Deus que assim me fez... eu não tenho, eu não tenho culpa disso... para assim, para assim me ofender...

Fabiana (brava): Quem te ofendeu, menino?! Estou falando é da sua mulherzinha, aquela uma que faz dessa casa uma bagunça!

Sabino (cantando, no mesmo tom): Todos, todos nessa casa têm culpa nisso. Mas minha mãe, minha mãe, só quer mandar. E Paulina, e Paulina tem mau gênio. Se ela fosse, se ela fosse mais calminha... Tantas brigas, tantas brigas não mais haveria... Viveríamos, viveríamos todos bem.

Fabiana (revoltada): Quer dizer que eu só quero mandar? A casa é de quem, hein, posso saber? Você não conhece o ditado...

Sabino (interrompendo-a e, de maneira debochada, canta): Quem casa, quem casa, quer casa, longe da casa, longe da casa onde casa!

Fabiana (revoltada): Além de gago, é debochado! Não é isso que eu ia dizer. Eu ia dizer que manda quem pode, obedece quem tem juízo!

Sabino (desculpando-se, sempre cantando): Que ela, que ela é atrevida eu bem sei, eu bem sei, sei muito bem... e sinto muito, sinto muito, sinto muito. Mas você, mas você devia ceder... estou pedindo, estou pedindo de coração.

Fabiana: Ceder, eu?! Quando ela não tem o menor respeito por mim? Sabia que hoje nem ao menos bom-dia me deu?

Sabino (cantando): Vou fazer, vou fazer ela vir... ela vir, ela vir pedir perdão... se ela não pedir, se ela não pedir perdão, ela vai, ela vai se ver comigo.

Fabiana (à parte): Ainda por cima é desafinado! *(Voltando-se para o filho:)* Ainda bem que tomou uma decisão. Quero só ver!

CENA VII

Em cena, Nicolau, Fabiana e Sabino.

Nicolau: Fabiana!

Fabiana: O que você quer?

Nicolau (vendo Sabino chegar à sala): Ah, já está aí, Sabino? *(Para Fabiana:)* Onde estão as flores de cera para os tocheiros?

Fabiana (com desprezo): E eu lá é que sei?!

Sabino (gaguejando): Fi-fica-caram pron-prontas e já-já fo-foram pa-para a i-igre-greja.

Nicolau: Muito bem; agora vai vestir o seu hábito, que já está na hora. Vai, anda.

Sabino: Si-sim, se-senhor! *(Para Fabiana, cantando naquele mesmo tom:)* Vou ordenar, vou ordenar que lhe venha pedir perdão... e farão, e farão então as pazes... *(Sai.)*

CENA VIII

Em cena, Nicolau e Fabiana.

Nicolau: Onde estão as bijuterias para os nossos filhos levarem? Quero que sejam os anjinhos mais ricos da procissão! Que glória pra mim! Que inveja terão!

Fabiana: Homem, estão lá na gaveta da penteadeira. Pegue tudo o que quiser! Mas só as bijuterias, hein! E não me encha mais a paciência!

Nicolau: Ah, quando você vir os nossos anjinhos... *(Chamando pelo genro:)* Eduardo! Eduardo! Onde será que se enfiou esse rapaz?

Eduardo (de dentro de um dos quartos): Sim, senhor!

Nicolau: Vamos que já está na hora! A procissão já está pra sair!

Fabiana (desolada): Ai, não acredito no que estou vendo! E a família que se dane...

Nicolau: Vai ver como estão lindos os nossos filhinhos... Você não vai ver eles na procissão?

Fabiana: Só sai de casa quem a tem em paz. *(Ouve-se tocar os sinos.)*

Nicolau: É o primeiro sinal! Sabino, ande depressa, rapaz! E o Eduardo? Eduardo! Ô Eduardo!

Eduardo (de dentro): Sim, senhor!

Sabino (de dentro): Já-já vo-vou, meu pai!

Nicolau (preocupado): O primeiro sinal já foi! Vamos, Sabino! Depressa! Ande logo, filho! *(Correndo para dentro:)* Ah, será que Joana já vestiu os meninos? Ande, ande! Jesus, chegarei atrasado! *(Sai.)*

CENA IX

Em cena, Fabiana e Paulina.

Fabiana (falando sozinha, sobre Nicolau): Só peço que Deus lhe dê juízo...

Paulina (entrando e falando à parte): Só me faltava essa...

Fabiana (também à parte): Eis aí a maria-mijona...

Paulina (à parte): Queria mesmo era lhe falar poucas e boas...

Fabiana (à parte): Se fosse minha filha, daria umas boas chineladas!

Paulina (à parte): O que não faço pelo meu marido...

Fabiana (à parte): Tudo pela paz familiar! *(Para Paulina:)* Tem alguma coisa que quer me dizer?

Paulina (à parte): Maldita cascavel! *(Para Fabiana:)* Sim, senhora. E é a pedido do meu marido que eu estou aqui.

Fabiana (fazendo-se surpresa): Ah, e o que é que o seu marido lhe pediu, hein?

Paulina: Pediu que acabemos com essas desavenças aqui em casa.

Fabiana: Sei...

Paulina: E eu dei a minha palavra de que faria todo o possível para que, de hoje em diante, vivêssemos em paz... e que... que...

Fabiana (à parte): Mais um gago na família eu não aguento! *(Para Paulina:)* Quê?

Paulina: ... que então lhe pediria perdão. Pronto, falei!

Fabiana: Quisera Deus que fosse assim desde o início! Saiba você, menina, que o que mais prezo é a paz dentro de casa, e que a minha maior satisfação é viver bem com vocês todos!

Paulina: Também espero viver numa boa com a senhora e com todos nesta casa. Prometo não gritar mais nem dar mais ordens sem o seu consentimento. Enfim, ser uma nora obediente e submissa.

Fabiana (com um leve sorriso no rosto): Só assim poderemos viver juntas. Me dá aqui um abraço, vai. *(Abraça-a.)* Você é uma boa moça. É um pouquinho geniosa, mas também quem não é, não é mesmo?

Paulina: Vou tentar melhorar...

Fabiana: É assim que se fala, minha filha! Você há de concordar que é impossível duas donas mandarem numa mesma casa. Isso dá confusão!

Paulina: A senhora tem razão. E quando acontece de ter duas donas, toca a mais velha a mandar.

Fabiana: É assim, sim.

Paulina: A mais velha tem sempre mais experiência...

Fabiana: E não tem?

Paulina: A mais velha sabe o que convém...

Fabiana: Sabe, não sabe?

Paulina: A mais velha conhece melhor as necessidades...

Fabiana (desconfiada, à parte): A mais velha, a mais velha...

Paulina (intencional): A mais velha tem mais juízo...

Fabiana (irritadíssima): Que história é essa de mais velha, menina?

Paulina (sarcástica): Ué, a mais velha...

Fabiana (transtornada): A mais velha é a...

Paulina (com um sorriso escarninho, interrompendo-a): Olhe o coração, dona Fabiana!

Fabiana (explosiva): Saia daqui!

Paulina: Não saio! Não recebo ordens de ninguém!

Fabiana (chorosa): Ai, ai, meu Deus, que tormenta! Que coisa!

Paulina: Jararaca!

Fabiana (em desespero): Sai daqui, sua diaba!

Paulina (debochada, como criança): Não saio! Não saio! Não saio! Lá, lá, lá, lá, lá, lá, lá!

Fabiana: Atrevida! Malcriada! Sua peste! Insolente!

Paulina (rebatendo): Velha coroca! Caduca! Múmia! Velhota! *(Fabiana e Paulina acabam gritando ao mesmo tempo, chegando-se uma para outra; finalmente, agarram-se. Então entra Sabino, de camiseta e cueca samba-canção, com o hábito na mão, e aparta a briga.)*

CENA X

Em cena, Fabiana, Paulina, Sabino, Olaia e Eduardo.

Sabino (gaguejando): Ma-mas que-que di-dia-abo é-é i-isso?! *(Puxa a mulher.)*

Olaia (ao mesmo tempo): Que é isso, mamãe?! *(Puxando-a.)*

Fabiana (descontrolada): Me deixa! Me larga! Eu acabo com essazinha!

Paulina (descontrolada): Eu é que acabo com você, sua velha caduca! *(Sabino lança o hábito sobre a cabeça da mulher e a vai puxando à força até a porta do quarto, e, depois de empurrá-la para dentro, fecha a porta. Fabiana quer seguir Paulina.)*

Olaia (retendo a mãe): Pare com isso, mamãe!

Eduardo (puxando a mulher pelo braço): Deixa elas brigarem! Elas que são brancas que se entendam! Me ajuda a vestir este hábito!

Olaia (desconsolada): Mamãe...

Eduardo: Me ajuda aqui, Olaia! *(Puxa a mulher com força e a leva para dentro. Saem.)*

Fabiana (para Sabino, que voltara à sala): É um inferno! Um inferno!

Sabino (seguindo a mãe em direção ao quarto): Ca-calma, ma-mamãe...

Nicolau (chegando à sala): O que é que está acontecendo aqui, gente?! Dava para ouvir a gritaria lá de fora!

Fabiana (sem se dar conta do marido): É um inferno! Um inferno! Eu não aguento mais!

Nicolau (seguindo-a também): O que é isso, Fabiana?! Que forrobodó é esse, criatura?! *(Saem.)*

CENA XI

Em cena, Sabino e Paulina.

Sabino (voltando à sala, gaguejando): Is-isto a-assim não po-pode ser! Es-estou já-já de sa-saco che-cheio; já não a-aguen-guento ma-mais bri-brigar com mi-minha mu-mulher!

Paulina (voltando à sala): Onde está aquela velha?!

Sabino: Ma-mamãe es-está no quar-quarto de-dela. Vo-você fi-fica aqui!

Paulina (fazendo menção de ir ao quarto da sogra): Ela vai ver uma coisa!

Sabino (nervosíssimo): Pau-Paulina!

Paulina (descontrolada): Vocês pensam que isso vai ficar assim? Ah, não vai não! Eu não sou mulher de levar desaforo pra casa! Ah, não sou não! Comigo é assim: bateu, levou!

Sabino (ordenando): Vá pa-para o seu quar-quarto, mu-mulher! E fi-fique lá a-até eu man-mandar!

Paulina (à parte): Vai dar uma de macho agora, é? *(Para o marido:)* Eu vou porque não aguento de dor de cabeça! Mas isso não vai ficar assim, ah, não vai não! *(Os dois saem.)*

CENA XII

Em cena, Paulina (já mais calma) e Eduardo (com as suas baquetas).

Eduardo: Paulina, cadê a Olaia?

Paulina: Deve estar lá com a mamãezinha dela...

Eduardo: Paulina, minha irmã, esse nosso jeito de viver já não dá mais...

Paulina: Eu é que sei...

Eduardo: Nossa sogra é o diabo em pessoa! Só sabe gritar, grita o dia todo! Não sei como ainda não estourou a goela! Nosso sogro é um banana, um bobalhão, um songamonga!

Paulina: Não há paz onde canta a galinha e cala o galo!

Eduardo: Pois não é? Ele não faz outra coisa senão ir à igreja! É missa pra cá, é procissão pra lá! Um autêntico papa-hóstia! E o seu marido? Um gaguinho que quando fala só me faz rir! É uma piada em pessoa! E agora deu de cantar pra não gaguejar! Quem é que leva ele a sério, hein? E a minha mulher? Uma manteiga derretida! Só sabe chorar! Chora por qualquer coisinha! *(Tentando imitar a voz da mulher:)* "Vou contar tudo pra mamãe! Vou contar tudo pra mamãe! Mamãe, mamãe..." E você, Paulina? O que é que você faz a não ser duelar com a sogra? Ela é dona da casa, sabia? A casa não é nossa, é dela! Quem é que consegue viver aqui? Eu preciso de paz e sossego pra tocar a minha bateria, Paulina! Eu sou um artista! Um artista, minha irmã!

Paulina (rindo): Artista, você? Ninguém mais aguenta escutar essa maldita bateria, Eduardo!

Eduardo (ofendido): Maldita?! Paulina, não fale assim da minha bateria, senão você perde o amor de seu irmão! Maldita?! Você, decididamente, não sabe o que diz! Chamar de maldita a rainha de uma banda!

Paulina (debochada): Se depender do som que você arranca dela, está mais para o bufão da corte!

Eduardo (com um certo ar nostálgico): Ah! Desde a noite naquele clube em que pela primeira vez ouvi os seus sons harmoniosos, fantásticos, exuberantes, extasiantes, me senti outra pessoa. Percebi que tinha vindo ao mundo para ser um baterista. Você viu só como ela é uma beleza? O vendedor me disse que estas baquetas aqui foram do Ringo Starr. Você sabe quem é ele, não sabe? Daí comecei a treinar, a treinar, a treinar...

Paulina (irônica): E ainda não aprendeu! Como é que pode, meu Deus?

Eduardo: E por conta de toda essa bagunça, não tenho feito mais progresso! A minha intenção é ser como ele, como o Ringo, e montar uma banda como os Beatles!

Paulina (irônica, cantando): Sonho meu, sonho meu...

Eduardo: Você zomba, né, Paulina? Mas quem viver, verá! E, como disse o poeta, viajaremos pela Europa, França e Bahia[1]! Tocaremos em estádios para 100, 150 mil pessoas... Seremos as estrelas do Rock in Rio!

Paulina (irônica, cantando): Ô, ô, ô... Ô, ô, ô... Ô, ô, ô... Rock in Rio!

Eduardo: Paulina, Paulina, você não me leva a sério mesmo, né? Aliás, aqui nessa casa ninguém me leva a sério! Como todo artista, também sou incompreendido...

Paulina (irônica, fazendo beicinho): Ai, que dó...

Eduardo: Vai tirando, vai... Depois não venha pedir desculpas.

Paulina: Larga de ser tonto, meu irmão.

Eduardo: Tonto, eu? Quando eu for um Neil Peart[2]... Você sabe quem é ele, não sabe?

Paulina: Não sei, não quero saber e tenho raiva de quem sabe!

Eduardo: Um dos maiores bateristas de todos os tempos! Mas ai, estou aqui jogando conversa fora, querendo que você saiba quem é Neil Peart, enquanto essa casa cai! Minha mulher está lá dentro com a mãe, e as fofocas fervem... Não demora muito, e estão as duas de novo aqui me enchendo o saco! Só você, Paulina, só você é capaz de acabar com essa tempestade, me dando tempo e sossego para os meus treinos!

Paulina: Eu? Como?

Eduardo: Vai lá dentro e vê se consegue convencer a minha mulher a não reclamar mais de mim pra mãe dela.

Paulina: Se Olaia me escutasse...

Eduardo (empurrando-a, carinhosamente): Vai lá, maninha, vai lá... Ela vai te ouvir, me faz esse favor.

Paulina: Vou ver se consigo.

Eduardo: Você consegue, Paulina, você consegue.

---

1 "Oropa, França e Bahia", poema de Ascenso Ferreira (1895-1965), poeta pernambucano.
2 Neil Peart (1952-) é o baterista da banda canadense Rush.

CENA XIII

Em cena, Fabiana e Eduardo.

Fabiana (falando para dentro): Vai ver como o ensino! *(Vendo Eduardo:)* Oh, que bom te encontrar aqui!

Eduardo (fazendo um muxoxo): Ai, meu Deus, que não me deixam treinar!

Fabiana: Pois o senhor, seu bate-caixa de meia-tigela, teve o atrevimento de ofender e bater na minha filha...

Eduardo (interrompendo-a, bruscamente): Ei! Ei! Calma lá! Então a senhora acha que uma baquetada nos dedos é bater?

Fabiana (indignada): E posso saber por que o senhor fez isso? Deu com esses pauzinhos aí nos dedos dela!

Eduardo (indignado): Porque me fez perder tempo com besteirinhas, com picuinhas, enquanto eu podia estar no meu quarto tocando bateria.

Fabiana (irônica): Pois se perdeu o seu tempo, anunciasse nos jornais, prometendo uma recompensa, que eu mesma havia de dar, mas para quem achasse o seu juízo, seu cabeça de bagre! Ah, se eu fosse homem... Ah, se eu fosse homem... Pegaria esses pauzinhos aí e com um quebraria essa sua cabeça desmiolada! E com o outro...

Eduardo (adivinhando): Não complete, dona Fabiana, não complete!

Fabiana: Pois eu faria isso mesmo que o senhor está pensando!

Eduardo (enquanto Fabiana fala, vai-se chegando para junto dela e lhe diz na cara, energicamente): Velha! *(Volta, quer entrar no seu quarto.)*

Fabiana: Maricona! *(Segura-lhe pelo hábito. Eduardo bate com uma das baquetas nos dedos de Fabiana. Vai-se. Fabiana larga o hábito.)* Ai, que me quebrou os dedos!

CENA XIV

Em cena, Fabiana, Olaia e Paulina.

Olaia (para Paulina): Grossa! *Mal-educada! (Dirige-se para o quarto.)*

Paulina (retrucando): A conversa ainda não chegou no chiqueiro!

Olaia (gritando lá do quarto): Linguaruda!

Fabiana (irônica): Vamos parar com essa troca de elogios!

Paulina (resmungando, indo em direção ao seu quarto): Você ainda me paga, sua santinha do pau oco! Você não perde por esperar!

Fabiana (cansada): Ai, ai, ai, mas será o Benedito? *(Chamando o filho:)* Sabino! Sabino! Sabino! Onde é que se enfurnou esse menino?

CENA XV

Em cena, Sabino, vestindo seu hábito, e Fabiana.

Sabino (gaguejando): O que é, ma-mamãe?

Fabiana: Você é um homem ou um rato?!

Sabino: Um ho-homem, u-ué!

Fabiana (irônica): Tem certeza?

Sabino: Tá-tá me-me es-estran-tranhando, ma-mamãe?

Fabiana: O que você faria com quem batesse em mim e na sua irmã?

Sabino (dando um soco na palma da mão): Eu da-daria tan-tanta po-porrada, mas tan-tanta po-porrada...

Fabiana: Pois então vá dar no seu cunhado.

Sabino: En-então foi e-ele, é?

Fabiana (aumentando a voz): Quase arrancou os meus dedos!

Sabino: Ah, e-esse me pa-paga! Não é de ho-hoje que te-tenho von-vonta-tade de dar-lhe u-uma so-sova!

Fabiana (instigando): Esse é o meu filho! Mostra pra ele quem é você!

Sabino (enchendo o peito): Dei-deixa co-comi-migo, ma-mamãe!

Fabiana (em êxtase): Quebra na cabeça dele aquele trambolho que ele chama de bateria, meu filho!

Sabino: Que-quebro!

Fabiana (ansiosa): Então vai, chama logo aquelezinho duma figa! Não me vai quebrar nada além da cara dele, hein? Eu vou para o meu quarto.

Sabino (despindo-se do hábito): Eu vou mo-mostrar pra e-ele que não se ba-bate em mu-mulher ne-nem co-com u-uma flor!

Fabiana (lá do quarto): Não se esqueça de quebrar a bateria nas fuças dele!

Sabino: Tá-tá bom!

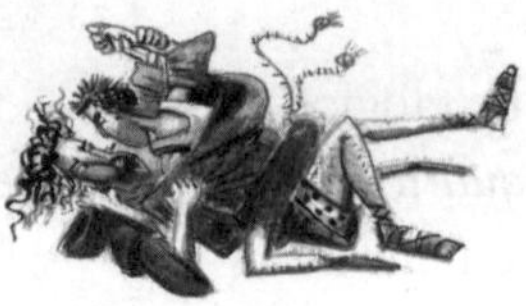

CENA XVI

Em cena, somente Sabino.

Sabino (sozinho na sala, cantando para não gaguejar): Já não posso, já não posso mais aturar... esse meu, esse meu cunhadinho... Vou dar-lhe tanto sopapo, que ele vai, que ele vai se ferrar! *(À porta do quarto, para Eduardo:)* E-Edu-du-ardo!

Eduardo: Que é que você quer?

Sabino: Ve-vem a-aqui se é ho-homem!

CENA XVII

Em cena, Eduardo e Sabino.

Eduardo (à porta do quarto): Como é que é?

Sabino: É i-isso mes-mesmo que vo-você ou-ouviu!

Eduardo (zombando do jeito do outro falar): Ai, que-que me-medo!

Sabino (nervoso): Vo-você es-está me ti-tirando?!

Eduardo (irônico): Nã-nã-não!

Sabino (com muita raiva, cantando): Vem aqui, vem aqui se você é homem, que eu te darei, que eu te darei um corretivo.

Eduardo ri.

Sabino (nervosíssimo, cantando): Pode rir, pode rir seu sem-vergonha, que eu vou, que eu vou te arrebentar.

Eduardo (imita-o, cantando e dançando): Então vem, então vem seu porqueirinha... que eu vou mostrar, que eu vou mostrar como é que se faz.

Sabino (explosivo): Sa-safa-fado! *(Lança-se sobre Eduardo e atracam-se.)*

Os dois começam a gritar, ao mesmo tempo:

Eduardo: Topeira!

Sabino: Pa-palhaço!

Eduardo: Pilantra!

Sabino: Ba-banana!

Eduardo: Molenga!
Sabino: Ota-ta-tário!
Eduardo: Filho de uma égua!
Sabino: Imbecil!

CENA XVIII

Em cena, Eduardo, Sabino, Paulina e Olaia.

Paulina (assustada, ao ver os dois brigando): Meu Deus, o que é isso?!
Olaia (idem): Ai, Jesus!
Paulina e Olaia tentam separar os dois.
Olaia: Eduardo! Solta ele! Sabino! Larga ele!
Paulina: Sabino! Solta! Larga! Eduardo! Ai, meu Deus!
Olaia (para Paulina): Tá vendo? Você que é a culpada de tudo isso!
Paulina (para Olaia): Eu?! Isso tudo está acontecendo por sua culpa!
Olaia: Fingida!
Paulina: Cachorra!
Olaia: Lambisgoia!
Paulina: Perua!
Olaia: Ai, que eu não respondo por mim!
Paulina: Vem, se você é "macho"!
Olaia: Branquela! Oxigenada!

Olaia e Paulina atracam-se e brigam ao lado de Eduardo e Sabino, que continuam brigando.

CENA XIX

Em cena, os quatro e Fabiana.

Fabiana (desesperada): Meninas! Parem com isso! Larga ela, Paulina! Solta ela, Olaia! Ai, que eu tenho um troço!

CENA XX

Em cena, os mesmos da cena anterior e Nicolau, trazendo consigo os dois meninos vestidos de anjinho.

Nicolau (ao ver a cena grotesca): Que é isso, Senhor? É o fim do mundo? *(Larga os dois meninos e tenta separar os dois homens que brigam.)* Sabino, meu filho, solta ele! Eduardo, meu genro, larga ele! Ai, que meu coração não aguenta!

Fabiana (para Nicolau): Isso tudo é culpa sua, homem!

Nicolau: Ah, essa é boa! Papagaio come milho, periquito leva fama! Eles brigam, e eu é que sou o culpado! Tem graça!

Fabiana (para Nicolau): Seu quadrado!

Nicolau (ofendido): Quadrado, não! Sua dinossaura!

Fabiana (ofendida): Dinossaura?! Dinossaura, eu?! Ah, isso não vai ficar assim! *(Larga as meninas que tentava separar e se atraca ao marido.)*

Fabiana e Nicolau brigam e gritam ao mesmo tempo.

Fabiana: Moleirão!

Nicolau: Pamonha!

Fabiana: Papa-hóstia!

Nicolau: Diaba!

Fabiana: Ratazana de sacristia!

Nicolau: Herege!

Fabiana: Imprestável!

Nicolau: Fedorenta!

Os dois meninos (gritando ao mesmo tempo): Mamãe! Mamãe! *(Os dois correm para Fabiana. Um empurra o outro, que cai. Os dois se atracam no chão, gritando ao mesmo tempo:)* Toma! Ai! Ui! Toma! Me larga! Me solta! Mamãe! Papai!

Assim, a sala vira um verdadeiro ringue. Sabino contra Eduardo; Olaia contra Paulina; Fabiana contra Nicolau; Anjinho contra Anjinho. Todos gritam ao mesmo tempo.

Eduardo: Gago!

Sabino: Tra-traíra!
Olaia: Mequetrefe!
Paulina: Burralda!
Nicolau: Chatonilda!
Sabino: Fi-filho da-da ma-mamãe!
Eduardo: Otário!
Olaia: Ai, meu olho!
Nicolau: Ai, minhas costas!
Fabiana: Papa-hóstia!
Nicolau: Velha coroca!
Olaia: Camela!
Paulina: Jacaroa!
Sabino: Ba-bate-cai-caixa!
Eduardo: Requenguela!
Sabino: Pa-palerma!
Eduardo: Paspalho!
Paulina: Piolhenta!
Olaia: Xumbrega!

CENA XXI

Em cena, os que brigam e Anselmo.

Anselmo (gritando a plenos pulmões): Parem com isso!

Todos, vendo Anselmo, separam-se.

Fabiana e Nicolau: Seu Anselmo...
Paulina e Eduardo: Papai...
Olaia e Sabino: Meu sogro...

Os meninos simplesmente engolem em seco.

Anselmo: Isso virou um campo de batalha, meu Deus! O que é que está acontecendo aqui? Alguém pode me explicar?!

Todos começam a falar ao mesmo tempo.

Anselmo (explosivo): Cheeeeeeega!!! Pelo amor de Deus, um de cada vez! *(Todos se calam. Para Fabiana:)* Diz a senhora, dona Fabiana, o que está acontecendo aqui?

Fabiana: Foi muito bom o senhor ter vindo. O senhor devia ter visto com os seus próprios olhos os desaforos de seus filhos. Fazem desta casa um inferno! Eu já não posso mais com eles. Por isso, peço ao senhor, encarecidamente, que os leve daqui! Eu não tenho mais idade pra isso!

Nicolau: É isso mesmo! Carregue-os daqui! Há muito não tenho mais sossego pra servir a Deus... Isso virou uma casa de orates! Leve-os daqui, pelo amor de Deus!

Sabino (cantando para não gaguejar): Não dá mais, não dá mais para viver aqui. Eu preciso, eu preciso de uma casa.

Paulina: Papai, é verdade, não dá mais pra ficar morando aqui! Me tire deste inferno, papai! Minha sogra me odeia! Ela me maltrata tanto!

Eduardo: Meu pai, não fico aqui nem mais um minuto! Ninguém aqui me dá sossego para poder tocar bateria... É essa bagunça o dia todo! Quem é que pode treinar assim?

Olaia: Meu sogro, se isso continuar assim, fujo de casa, juro que fujo! Abandono marido e tudo! Antes sozinha do que mal acompanhada!

Anselmo: Com mil diabos, não sabia que o negócio tinha chegado a esse ponto!

Fabiana: Pois chegou!

Nicolau: Eu é que sei!

Sabino: Que in-infer-ferno!

Olaia: Fujo de casa!

Eduardo (cantando): Eu só quero sossego!

Paulina: Ai, como sofro!

Anselmo (retirando do bolso um envelope): Dona Fabiana, recebi a sua carta, mas não imaginava que a situação estava um caos! Nossos filhos se casaram, e nenhum de nós ofereceu uma casa para morarem... Vieram todos para cá! Só podia dar nisso! Mas ainda é tempo de consertar esse nosso erro... *(Para Eduardo:)* Meu filho, aqui está a chave de uma casa que aluguei para você.

Eduardo: Obrigado, meu pai. Só assim poderei estudar tranquilo e montar a minha banda!

Anselmo (para Paulina): Minha filha, entrega essa outra chave para o seu marido. É da sua casa nova.

Paulina: Obrigada, papai! Agora sim poderei dar ordens! Tenho a minha própria casa!

Anselmo (para Eduardo e Sabino): E vocês dois vão tratar de procurar emprego! Chega de sombra e água fresca!

Fabiana: Agora sim!

Anselmo: Estou certo de que, de agora em diante, a paz reinará em nossa família!

Todos juntos: Agora viveremos todos em paz!

Anselmo: Muito bem! Quem vive em paz, dorme em sossego, não é assim que se diz? *(Para a plateia:)* E os senhores, que presenciaram todas essas desavenças domésticas, lembrem-se sempre que...

Os dois meninos (vestidos de anjinho): Quem casa, quer casa!

Cai o pano.

ATÉ QUE A VIDA
NOS SEPARE
Alexandre Azevedo

ALEXANDRE AZEVEDO.

Brasileiro, nasceu em Belo Horizonte em 1965. Reside há mais de vinte anos em Ribeirão Preto, interior de São Paulo, com a mulher, Elisa Bechuate Azevedo, escritora e consultora de etiqueta e comportamento, e com seus três filhos, Fernanda, Clarissa e Pedro Alexandre.

Formado em Filosofia, Alexandre Azevedo é também professor de Língua Portuguesa e Literatura Brasileira e Portuguesa para alunos de Ensino Médio e pré-vestibular.

Sua carreira começou em 1989, quando ainda morava em Campo Grande e escrevia crônicas. O livro Que azar, Godofredo! *(Editora Atual) reuniu diversos desses textos curtos. De lá para cá, foram mais de oitenta livros, entre infantis, juvenis e adultos. Alguns destaques:* O vendedor de queijos e outras crônicas, O menino que contava estrelas, A lua e a bola, O menino que via com as mãos, O balaio do Caio.

Sua preferência pela crônica o norteou na escolha do tema da coleção **Três por Três**: *"Tenho preferência por textos humorísticos e comédias, como é o caso da* Farsa de Inês Pereira, *de Gil Vicente, e de* Quem casa, quer casa, *de Martins Pena, dois dos grandes comediógrafos da literatura em língua portuguesa. O humor e o texto curto, como as três comédias deste volume, são essenciais para quem deseja adquirir o hábito da leitura: não cansa, conscientiza e diverte!".*

Pertence à Academia Ribeirãopretana de Letras e, em 2012, foi o autor local homenageado pela 12ª Feira Nacional do Livro de Ribeirão Preto.

MOTE: SE CASAMENTO FOSSE BOM, NÃO PRECISAVA DE TESTEMUNHAS

PERSONAGENS

Ela
Ele
Amiga dela
Amigo dele
Irmã dela
Irmão dele
Mãe dela
Mãe dele
Pai dela
Pai dele

ATO ÚNICO

CENA I

Em cena, ele e ela, na sala do apartamento todo mobiliado.

Ele: Trouxe a lista?

Ela: Está aqui!

Ele: Vamos então para a partilha!

Ela: Ótimo! Vamos lá. Deixa ver aqui... A televisão da sala fica pra mim, a do nosso quarto, pra você.

Ele: Peraí, a tevê da sala é bem maior!

Ela: Mas a do quarto é melhor!

Ele: É?

Ela: É. Continuando: a geladeira pra mim, o micro-ondas pra você.

Ele: Sei não... Micro-ondas...

Ela: Mas o fogão fica pra você, o liquidificador pra mim.

Ele: Tá bom. E a máquina de lavar?

Ela: É lógico que é minha, foi o meu pai que me deu.

Ele: E a geladeira, não foi minha mãe?

Ela: Então você fica com a geladeira, que eu fico com o micro-ondas, certo?

Ele: Certo.

Ela: O sofá é meu. A mesa de jantar, sua. Concorda?

Ele: Fazer o quê?

Ela: O ar-condicionado...

Ele (interrompendo-a, bruscamente): Ah, esse é meu!

Ela: ... pra você, e o apartamento fica pra mim.

Ele: Ai, ai, ai... Como assim, o apartamento fica pra você?!

Ela: Ué, é o marido que sai de casa, não é?

Ele: Depende.

Ela: Depende nada! O apartamento fica pra mim e pronto!

Ele: Tá bom, tá bom, não precisa se estressar!

Ela: Você é que tá estressado! Eu não posso falar nada que lá vem você com quatro pedras na mão!

Ele: Tá bom, me desculpa... Dá aqui um beijo.

Ela (após beijá-lo): Pronto, agora já podemos nos casar!

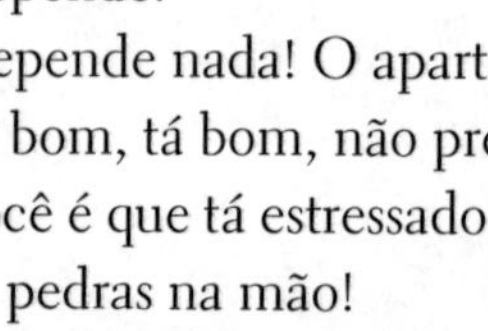

CENA II

Em cena, ele e ela, num quarto, em lua de mel.

Ela: Ai, que hotel é esse?!
Ele: O mesmo que te mostrei na internet.
Ela: Mas lá ele era tão bonitinho.
Ele: Mas é bom.
Ela: Esse quarto não tava assim lá.
Ele: Assim, como?
Ela: Encardido! Será que tem barata?
Ele: Tem não.
Ela: Eu é que não entro nessa banheira!
Ele: É de espuma.
Ela: Nem que fosse de ouro! Eu não entro!
Ele: Então vem pra cama.
Ela: Ih, esses lençóis...
Ele: Que é que tem?
Ela: Fedidos!
Ele: Será?
Ela: Não tá sentindo? E essa televisão? É do século passado!
Ele: Mas a gente não veio aqui pra ver tevê... ou veio?
Ela: A novela eu não perco!
Ele: Mas ainda tem tempo.
Ela: Pra quê?
Ele: Pra novela começar.
Ela: E daí?
Ele: Vem aqui, vem.
Ela: Com esses lençóis?! Credo!
Ele: Pronto, já tirei os lençóis. Agora vem!
Ela: Tá bom que eu deito em cama sem lençol!
Ele: Ai, ai, ai...
Ela: Que é que foi?
Ele: Nada, nada.
Ela: Olha, tem secador no banheiro! Alguém só pode ter esquecido isso aqui! Um hotel como esse...

Horas depois.

Ela: Vai começar a novela! Liga a tevê!
Ele (após ligá-la): Boa novela, divirta-se!
Ela: Psiu! Vai começar!

Ele (à parte): Não acredito!

Ela (ao final da novela): Droga, acabou!

Ele: Até que enfim.

Ela (na cama): Agora vem, querido!

Ele (firme): Fique quietinha aí, que agora eu vou ver o meu futebol!

CENA III

Em cena, ela e uma amiga, na sala do apartamento todo mobiliado.

Ela: Primeiro você tem de arranjar uma imagem de Santo Antônio.

Amiga: Não pode ser outro?

Ela: Bem, do jeito que você tá a perigo, acho que qualquer santo resolve... Mas de preferência Santo Antônio, que é casamenteiro.

Amiga: E depois?

Ela: Depois, uma cueca do seu namorado...

Amiga: Cueca?!

Ela: Ué, por que essa cara de espanto? Vai me dizer agora que nunca viu uma cueca, minha filha?

Amiga: Continua.

Ela: Coloca a cueca dentro de uma panela cheia de uísque e...

Amiga: Não serve cerveja?

Ela: Bom, acho que não vai fazer diferença. O santo não vai beber mesmo, não é?

Amiga: E aí?

Ela: Aí, mexe bem e deixa a panela ao lado do santo por uma semana.

Amiga: Só isso?

Ela: Só. É tiro e queda, minha filha! Como é que você acha que eu arrumei o meu?

Amiga: E se o santo falhar?

Ela: Se for Santo Antônio, não falha de jeito nenhum! Mas, se for outro...

Meses depois, as duas se encontram de novo na sala do apartamento.

Ela: E aí, deu certo?

Amiga: Que nada, menina! O santo não moveu uma palha!

Ela: Mas, pelo menos, você não tá com cara de quem tá desesperada.

Amiga: E não estou mesmo! Nem estou mais querendo me casar. Não preciso. Você não imagina a grana que tenho conseguido depois que comecei a vender cuecas!

CENA IV

Em cena, ele e um amigo, na sala do apartamento.

Amigo: E aí, meu velho, como vai a vida de casado?
Ele: Assim, assim.
Amigo: Ih, que é que tá acontecendo?
Ele: O negócio tá meio esquisito.
Amigo: Esquisito? Como assim?
Ele: Sei lá, rotina.
Amigo: Mas vocês se casaram não faz nem quatro meses.
Ele: Três meses e doze dias.
Amigo: Desabafa, vai.
Ele: Segunda-feira, em casa.
Amigo: Normal.
Ele: Terça, sinuca com os amigos.
Amigo: Normal.
Ele: Na quarta, futsal na quadra do Marreco.
Amigo: Já fui lá.
Ele: Quinta, baralho na casa do Pedrão.
Amigo: Altas rodadas...
Ele: Na sexta, churrasco no boteco do Simeão.
Amigo: De primeira!
Ele: Sábado, reunião da turma do "Deixa que eu chuto".
Amigo: Sou sócio é do "Camelo com sede", conhece?
Ele: Domingo, futebol na tevê, de manhã, de tarde, de noite...
Amigo: Maravilha, rapaz! Ah, se a minha mulher fosse assim...
Ele: Assim como?

Amigo: Ué, você faz tudo o que qualquer mulher odeia que o marido faça!
Ele: É aí que você se engana, não sou eu que faço, é ela!

CENA V

Em cena, ela e a irmã, na sala do apartamento.

Irmã: Você não sabe da última!
Ela: Qual?
Irmã: Eu e o Jorge vamos comemorar nossos cinco anos de casamento em Paris!
Ela: Paris?!
Irmã: Paris, menina, Paris! Não é demais?
Ela: Ô...
Irmã: E você?
Ela: Que é que tem?
Irmã: Já tá casada há um ano e...
Ela: E?
Irmã: Não vai comemorar?
Ela: Em Paris?
Irmã: É caro, né?
Ela: Ô...
Irmã: Eu aqui falando... Ah, tem uma outra coisa...
Ela: O que é?
Irmã: Não, nada.
Ela: Fala.
Irmã: Nada não.
Ela: Vai, fala.
Irmã: Tá bom, vou falar! O Jorge me deu um carro novo de presente de casamento! É lindo, cor de champanhe... Completo!
Ela: Nossa! Mas o que você tinha não era novo?
Irmã: É velho, do ano passado.
Ela: Velho?! Imagina o meu então.
Irmã: O Jorge...
Ela: Que é que tem?
Irmã: Ele é louco, louquinho.

Ela: Por quê?

Irmã: Não te mostrei? Esse anel aqui de brilhantes... Caríssimo! Me deu semana passada.

Ela: De casamento?

Irmã: Que nada, menina, quis dar, deu. Viu na vitrine da loja, achou que era a minha cara.

Ela: Sua cara.

Irmã: E não é? Mas me diga, e o seu...

Ela: Marido? Procurando emprego.

CENA VI

Em cena, ele e o irmão, na sala do apartamento todo mobiliado.

Irmão: E aí, mano velho?

Ele: E aí? Quais são as novas?

Irmão: Sabe a Carminha?

Ele: Sua namorada?

Irmão: Ex!

Ele: Terminaram? Tantos anos...

Irmão: Cinco meses.

Ele: Só isso? Pensei que eram anos... Quer desabafar?

Irmão: Que desabafar, que nada! Já tô com outra... A Nanda.

Ele: Bonitinha?

Irmão: Bonitinha?! Bonitinha?! A gata é linda! Olhinhos verdes...

Ele: E é sério?

Irmão: Sério?! Cê deve de tá de brincadeira! Tem a Laura...

Ele: Laura?

Irmão: Peguete.

Ele: Pê o quê?

Irmão: Ih, mano velho, cê tá precisando se reciclar, hein?

Ele: Mas e a Nanda?

Irmão: Linda... como a Paula, a Paulinha.

Ele: Outra peguete?

Irmão: Biscoitinho fino... Moreninha... Cê precisa ver!

Ele: Cuidado... Se a Nanda descobre...
Irmão: Já me pegou com a Soraia.
Ele: Que Soraia? Ah, já sei, outra peguete, né?
Irmão: E aí, a vida de casado, é boa?
Ele: Ô...

CENA VII

Em cena, ela e ele, na sala do apartamento.

Ela: Mamãe vai chegar.
Ele: Quem?!
Ela: Mamãe. Vai ficar quatro semanas aqui com a gente.
Ele: Quatro semanas?! Pra que tanto?
Ela: Pra me fazer companhia, ué!
Ele: Mas...
Ela: Nada de "mas"! Tá decidido! Por isso...
Ele: Por isso?
Ela: Por isso, eu espero que você trate ela bem.
Ele: Se ela me tratar...
Ela: É você que sempre começa.
Ele: Eu?! Ah, essa é muito boa!
Ela: Você sabe que a mamãe não tá bem de saúde.
Ele: E?
Ela: Ela precisa de sossego, não pode se exaltar. São recomendações médicas.
Ele: Quatro semanas?
Ela: Se tudo correr bem.
Ele: Como assim, se tudo correr bem?!
Ela: Na verdade, ela quer morar aqui...
Ele: O quê?!

Toca a campainha.

Ela: Agora chega, que ela já tá aí!

CENA VIII

Em cena, ele e a sogra, na sala do apartamento todo mobiliado.

Sogra (sentando-se no sofá): O que você tá assistindo?

Ele: Futebol.

Sogra: Futebol? Uma hora dessas?

Ele: Tevê a cabo.

Sogra: E a novela?

Ele: Que é que tem?

Sogra: Já vai começar.

Ele: E?

Sogra: Você não tá seguindo?

Ele: Eu? Seguindo novela? Essa é muito boa!

Sogra: Por que tá rindo assim?

Ele: A senhora acha que eu tenho cara de quem segue novela?

Sogra: Todo mundo segue.

Ele: Todo mundo?! Que todo mundo?!

Sogra: O Brasil inteiro! É o último capítulo! É hoje que a gente vai saber quem matou o...

Ele: Celsão!

Sogra: Não, o...

Ele: Ô Celsão, como é que você me perde um gol desses, meu filho! Não é à toa que é zagueiro!

Sogra: A novela... vai começar... vai...

Ele: Vai, vai, vai, vai! UUUUHHHHHHHH!!!!!!!

Sogra: É hoje... quem matou... o...

Ele: Gooooollllllll!!!!!!!! Tá lá!

Sogra: A novela... Ai, meu coração... Acho que vou...

Ele: Tá bom, tá bom, vamos ver a novela.

Sogra: Beleza! Estoura uma pipoquinha aí pra gente, vai!

CENA IX

Em cena, ela e a sogra, na sala do apartamento.

Sogra: Tô achando meu filho magrinho.

Ela: Imagina! Impressão da senhora... Depois que casou, ele engordou uns dez quilos.

Sogra: Sei não... Percebi que ele tá meio abatido.

Ela: Abatido?! O bichão tá forte feito um touro!

Sogra: O que vocês almoçaram hoje?

Ela: Hoje? Pizza.

Sogra: Pizza?!

Ela: É, ué! Sobrou um tantão assim da pizza de ontem à noite.

Sogra: Como assim? Quer dizer que vocês almoçaram a pizza de ontem à noite?!

Ela: Tava uma delícia! Meia atum, meia calabresa.

Sogra: Coitado do meu filho...

Ela: Como é que é?

Sogra: Quando ele morava comigo, almoçava comida: arroz, feijão, bife... Pizza, só no final de semana e olhe lá!

Ela: Mas agora não mora mais com a senhora.

Sogra: E o que vai preparar hoje pro jantar?

Ela: Jantar?! Aqui em casa ninguém prepara comida pro jantar.

Sogra: Não?!

Ela: Não, senhora.

Sogra: E o que é que vocês comem no jantar?

Ela: Tudo, menos jantar.

Sogra: Como assim, tudo?

Ela: Tem dia que é pão com presunto e queijo... tem dia que é miojo... tem dia que é pão de queijo... tem dia que é...

Sogra: Pizza!

Ela: Isso mesmo, pizza! Sobrou um pedaço do almoço, a senhora está servida?

CENA X

Em cena, ele e o pai, na sala do apartamento.

Pai: E aí, filhão, e o casamento?

Ele: Empurrando.

Pai: Casamento é isso aí. Já dizia o velho ditado: "Se casamento fosse bom, não precisava de testemunhas!".

Ele: É verdade. Não é fácil, não.

Pai: Sabe há quantos anos estou casado com a sua mãe?

Ele: Vinte e tantos.

Pai: Vinte e sete! Escuta então a voz da experiência, ok?

Ele: Tô escutando...

Pai: O seu avô, aquela figura, sempre dizia: "Pior que mulher, só ex-mulher!". Por isso...

Ele: Por isso...?

Pai: Se você não quiser ganhar uma inimiga pro resto da vida, se não quiser ser escalpelado, não se separe de sua mulher!

Ele: Não é fácil.

Pai: Na vida nada é fácil! O esquema é saber escutar... mesmo que você não esteja escutando nada!

Ele: Como assim?

Pai: As mulheres sempre falam pelos cotovelos, isso é fato! Portanto, vai concordando com tudo, mexe a cabeça pra cima e pra baixo, faz hum-hum, que você vai ver! Ela vai ficar satisfeita da vida, e você, ainda mais!

Ele: Tem hora que eu não aguento tanto falatório, tanta gritaria!

Pai: Aí é que tá! O grito é a maneira que as mulheres têm para serem ouvidas! Então, ouça, ouça, ouça, ouça... Depois ela para, satisfeita da vida!

Ele: É assim com qualquer mulher?

Pai: Inclusive com a sua!

CENA XI

Em cena, ela e o pai, na sala do apartamento.

Pai: E aí, filhinha, tudo bem?
Ela: Tudo.
Pai: Calor, né? Tem uma cervejinha aí?
Ela: Você não tá tomando remédio?
Pai: Ih, você tá parecendo a sua mãe!
Ela: É que não faz bem.
Pai: O quê?
Ela: Beber cerveja enquanto tá tomando remédio.
Pai: Quem falou?
Ela: Ora, todo mundo sabe!
Pai: Eu não sabia...
Ela: Tá bom! Lembro da mamãe reclamando da cerveja...
Pai: Taí! Uma das péssimas recordações que tenho do casamento! Sua mãe reclamando, reclamando, reclamando...
Ela: Papai?
Pai: O quê?
Ela: Por que você não para de tomar...
Pai: Hã?!
Ela: ... tantos remédios?
Pai: Ufa! Tem uma cervejinha aí?

CENA XII

Em cena, ela e a mãe, na sala do apartamento.

Mãe: Que cara é essa, minha filha?
Ela: Não sei, mãe, o casamento...

Mãe: Não vai bem, né? Eu percebi.

Ela: Não sei se eu tava preparada pra isso.

Mãe: Filha, você sabe há quanto tempo estou separada do seu pai?

Ela: Dezesseis, dezessete...

Mãe: Dezoito anos! Então, escuta a voz da experiência, tá?

Ela: Estou escutando...

Mãe: Se você não gosta de um filme na televisão, o que você faz?

Ela: Mudo de canal.

Mãe: Pois é isso, menina, muda de canal!

Ela: Mudar de canal? A senhora tá querendo dizer que...

Mãe: É isso mesmo: separa! Vai viver a sua vida, chega de ser escrava do seu marido!

Ela: Mas também não é assim!

Mãe: Não?

Ela: Não, mãe, eu gosto dele... Eu não gosto é do casamento... Dessas obrigações de casa: lavar, cozinhar, varrer, pagar, dever, fazer aquilo que na hora não estou com vontade, a senhora entende?

Mãe: Ô, se entendo! Por que você acha que eu me separei do seu pai?

CENA XIII

Em cena, somente ele, em frente à porta da sala do apartamento apenas meio mobiliado.

Ele: Quando cheguei naquele apartamento, há uns cinco anos, entrei carregando ela no colo, como manda o figurino. E disse: “Enfim, sós!”. *(Abrindo a porta:)* Agora, carregando as minhas malas, vou dizer, também como manda o figurino: “Enfim, só!”.

CENA XIV

Em cena, somente ela, na sala do apartamento apenas meio mobiliado.

Ela: Ah, toalhas nos varais! Assento do vaso limpo! Chinelos no armário!

Cama arrumada! Pouca louça pra lavar! Camisas nos cabides! Calças no calceiro! Garrafa de água com água! Calcinhas, sem cuecas, penduradas no box do banheiro! Ah, como é boa essa vida de descasada!

CENA XV

Em cena, ele e ela, na sala do apartamento dela, meio mobiliado.

Ele: Trouxe a lista?

Ela: Tá aqui!

Ele: Vamos então para os convidados!

Ela: Ótimo! Vamos lá: Luís Carlos e Priscila...

Ele: A Priscila, sua amiga?

Ela: É. Que é que tem?

Ele: Mas ela não é casada com o Valdir?

Ela: *Era*, do verbo "não é mais". Já tá em outra.

Ele: Com o Luís Carlos?

Ela: É... Gente boa... Você precisa conhecer!

Ele: Tá bom. Quem mais?

Ela: A Ana Maria e o Paulão...

Ele: Sei.

Ela: O André e a Catarina...

Ele: Não conheço. Quem são?

Ela: Não se lembra do André, lá do escritório?

Ele: Não. Mas se você conhece, tudo bem.

Ela: Bom, o André e a Catarina, o João Paulo e o César...

Ele: O João Paulo e o César, os...

Ela: Olha o preconceito! Se casaram, vão até adotar um filho. Que legal, né?

Ele: O importante é ser feliz, né? Quem mais?

Ela: Os seus amigos do futebol: Barriga, Luisinho, Canela, Otávio, Pedrão, Ricardo, o Zé Mecânico...

Ele: O parafuso...

Ela: Que parafuso?

Ele: Dessa cadeira, tá soltando.

Ela: Larga de ser bobo! Quem mais? Peraí... A Vanessa, a Carol, a Joaninha... a Marcela...

Ele: Ela não vai.

Ela: Quem?

Ele: A Marcela.

Ela: Como é que você sabe?

Ele: Morreu.

Ela: Ai, é mesmo, coitada... Bom, o Tales e o Rodrigo, o Jorge e a Fernanda...

Ele: Acho que já tá bom, não tá?

Ela: Vai entrar pra história essa festa do nosso descasamento, não vai?

Ele: Ô se vai...

CENA XVI

Em cena, somente ela e ele em um salão de festas, onde todos os outros convidados já foram embora.

Ele (sentando-se à mesa em que ela está): Você vem sempre aqui?

Ela (sorrindo do gracejo): É a primeira vez... E você?

Ele: Também a primeira... Tá sozinha?

Ela (sorrindo): O que acha?

Ele: O que uma moça tão bonita faz sozinha num lugar como esse?

Ela: Estava comemorando.

Ele: Seu aniversário?

Ela: Não, meu descasamento!

Ele: Então você também se descasou?

Ela: Por quê? Você também?

Ele: Também... E foi hoje.

Ela: Que coincidência!

Ele: Pois é, somos dois descasados!

Ela: Descompromissados!

Ele: Descomprometidos!

Ela (ao ouvir a música tocar): Ah, minha música preferida!

Ele: Outra coincidência. Quer dançar?

Ela (levantando-se): Quero.

Ele (olhando fixamente para ela enquanto dançam): Você é linda!
Ela (envergonhada): Obrigada.
Ele (direto): Quer namorar comigo?
Ela (direto): Quero.
Ele (convicto): Só namorar!
Ela (convicta): Só namorar! *(Beijam-se enquanto dançam.)*

Cai o pano.

Mãe: Não vai bem, né? Eu percebi.

Ela: Não sei se eu tava preparada pra isso.

Mãe: Filha, você sabe há quanto tempo estou separada do seu pai?

Ela: Dezesseis, dezessete...

Mãe: Dezoito anos! Então, escuta a voz da experiência, tá?

Ela: Estou escutando...

Mãe: Se você não gosta de um filme na televisão, o que você faz?

Ela: Mudo de canal.

Mãe: Pois é isso, menina, muda de canal!

Ela: Mudar de canal? A senhora tá querendo dizer que...

Mãe: É isso mesmo: separa! Vai viver a sua vida, chega de ser escrava do seu marido!

Ela: Mas também não é assim!

Mãe: Não?

Ela: Não, mãe, eu gosto dele... Eu não gosto é do casamento... Dessas obrigações de casa: lavar, cozinhar, varrer, pagar, dever, fazer aquilo que na hora não estou com vontade, a senhora entende?

Mãe: Ô, se entendo! Por que você acha que eu me separei do seu pai?

CENA XIII

Em cena, somente ele, em frente à porta da sala do apartamento apenas meio mobiliado.

Ele: Quando cheguei naquele apartamento, há uns cinco anos, entrei carregando ela no colo, como manda o figurino. E disse: "Enfim, sós!". *(Abrindo a porta:)* Agora, carregando as minhas malas, vou dizer, também como manda o figurino: "Enfim, só!".

CENA XIV

Em cena, somente ela, na sala do apartamento apenas meio mobiliado.

Ela: Ah, toalhas nos varais! Assento do vaso limpo! Chinelos no armário!

Cama arrumada! Pouca louça pra lavar! Camisas nos cabides! Calças no calceiro! Garrafa de água com água! Calcinhas, sem cuecas, penduradas no box do banheiro! Ah, como é boa essa vida de descasada!

CENA XV

Em cena, ele e ela, na sala do apartamento dela, meio mobiliado.

Ele: Trouxe a lista?

Ela: Tá aqui!

Ele: Vamos então para os convidados!

Ela: Ótimo! Vamos lá: Luís Carlos e Priscila...

Ele: A Priscila, sua amiga?

Ela: É. Que é que tem?

Ele: Mas ela não é casada com o Valdir?

Ela: *Era*, do verbo "não é mais". Já tá em outra.

Ele: Com o Luís Carlos?

Ela: É... Gente boa... Você precisa conhecer!

Ele: Tá bom. Quem mais?

Ela: A Ana Maria e o Paulão...

Ele: Sei.

Ela: O André e a Catarina...

Ele: Não conheço. Quem são?

Ela: Não se lembra do André, lá do escritório?

Ele: Não. Mas se você conhece, tudo bem.

Ela: Bom, o André e a Catarina, o João Paulo e o César...

Ele: O João Paulo e o César, os...

Ela: Olha o preconceito! Se casaram, vão até adotar um filho. Que legal, né?

Ele: O importante é ser feliz, né? Quem mais?

Ela: Os seus amigos do futebol: Barriga, Luisinho, Canela, Otávio, Pedrão, Ricardo, o Zé Mecânico...

Ele: O parafuso...

Ela: Que parafuso?

Ele: Dessa cadeira, tá soltando.

Ela: Larga de ser bobo! Quem mais? Peraí... A Vanessa, a Carol, a Joaninha... a Marcela...

Ele: Ela não vai.

Ela: Quem?

Ele: A Marcela.

Ela: Como é que você sabe?

Ele: Morreu.

Ela: Ai, é mesmo, coitada... Bom, o Tales e o Rodrigo, o Jorge e a Fernanda...

Ele: Acho que já tá bom, não tá?

Ela: Vai entrar pra história essa festa do nosso descasamento, não vai?

Ele: Ô se vai...

CENA XVI

Em cena, somente ela e ele em um salão de festas, onde todos os outros convidados já foram embora.

Ele (sentando-se à mesa em que ela está): Você vem sempre aqui?

Ela (sorrindo do gracejo): É a primeira vez... E você?

Ele: Também a primeira... Tá sozinha?

Ela (sorrindo): O que acha?

Ele: O que uma moça tão bonita faz sozinha num lugar como esse?

Ela: Estava comemorando.

Ele: Seu aniversário?

Ela: Não, meu descasamento!

Ele: Então você também se descasou?

Ela: Por quê? Você também?

Ele: Também... E foi hoje.

Ela: Que coincidência!

Ele: Pois é, somos dois descasados!

Ela: Descompromissados!

Ele: Descomprometidos!

Ela (ao ouvir a música tocar): Ah, minha música preferida!

Ele: Outra coincidência. Quer dançar?

Ela (levantando-se): Quero.

Ele (olhando fixamente para ela enquanto dançam): Você é linda!
Ela (envergonhada): Obrigada.
Ele (direto): Quer namorar comigo?
Ela (direto): Quero.
Ele (convicto): Só namorar!
Ela (convicta): Só namorar! *(Beijam-se enquanto dançam.)*

Cai o pano.

TRÊS CASAMENTOS

Farsa de Inês Pereira, Gil Vicente
Quem casa, quer casa, Martins Pena
Até que a vida nos separe, Alexandre Azevedo

SUPLEMENTO DE LEITURA

Três casamentos apresenta três peças teatrais que retratam as relações entre casais a partir de diferentes olhares e épocas. Escrita em 1523, *Farsa de Inês Pereira* se passa em Portugal. A jovem Inês Pereira, cansada da vida de solteira e de ser "refém de agulha e de linha", rejeita um pretendente rico, mas simplório, para se casar com outro, "boa prosa e divertido", que se revela um péssimo marido. *Quem casa, quer casa* foi escrita no Brasil do século XIX e mostra como a vida de uma família se transforma numa grande confusão quando os filhos se casam, mas continuam a viver com os pais por não terem como se sustentar. *Até que a vida nos separe*, uma peça contemporânea escrita em 16 esquetes, apresenta situações variadas sobre os problemas da vida a dois e da separação.

Atual Editora

POR DENTRO DOS TEXTOS
Enredos

1 Cada uma das peças que compõem *Três casamentos* apresenta situações específicas, que se desenrolam em épocas e em lugares distintos, mas é possível observar traços comuns entre elas. Cite alguns.

____

____

____

____

____

2 As três peças abordam o tema do casamento com base em diferentes motes, isto é, um verso ou conjunto de versos que serve de inspiração para uma obra poética. Em grupo:

a) Identifiquem os motes de cada peça.

Farsa de Inês Pereira: ______

Quem casa, quer casa: ______

Até que a vida nos separe: ______

b) Discutam o sentido dos motes e relacione-os aos enredos das peças.

______

3 *Farsa de Inês Pereira* mostra, de forma irônica, personagens que buscam o casamento por diferentes razões. Destaque alguns motivos para que as personagens queiram se casar:

a) Inês Pereira

______

b) Pero Marques

______

c) Brás da Mata

______

4 Qual a importância do casamento para as mulheres, de acordo com *Farsa de Inês Pereira* e *Quem casa, quer casa*, escritas no século XVI e XIX, respectivamente?

____

____

____

____

____

Tempos e espaços

5 Os enredos de *Três casamentos* se desenvolvem em épocas e lugares distintos. Complete o quadro, indicando o tempo (época) e o espaço de cada uma das narrativas.

Narrativa	Tempo	Espaço
Farsa de Inês Pereira		
Quem casa, quer casa		
Até que a vida nos separe		

6 A peça *Quem casa, quer casa*, escrita no século XIX, foi modernizada pelo adaptador. Assim, é possível encontrar referências contemporâneas na adaptação. Uma delas é a bateria, instrumento tocado por Eduardo. Faça uma pesquisa e descubra qual é o instrumento indicado no texto original.

____

____

Personagens

7 Leia a passagem de *Farsa de Inês Pereira*, em que Inês diz:

> *Chega de arear panela,*
> *Chega de costurar meia!*
> *Levo uma vida de freira,*
> *Já cansei de ser solteira!*
>
> (p. 15)

a) O que esse trecho revela sobre a personagem?

b) As expectativas de Inês se realizam em seu casamento com Brás da Mata, seu primeiro marido?

8 Releia o diálogo entre Fabiana e Paulina, na Cena I de *Quem casa, quer casa*. Com base nesta cena, destaque algumas características dessas personagens.

9 Em sua opinião, por que as personagens de *Até que a vida nos separe* não têm nome?

10 Reúnam-se em grupo e escolham duas ou mais personagens de uma das peças e conversem sobre as características físicas e psicológicas delas. Em seguida, tentem se lembrar de outras personagens – da literatura, do cinema ou da televisão – que tenham características semelhantes. Apresentem suas conclusões à classe.

LINGUAGENS

11 O texto teatral não tem narrador, como acontece nas narrativas de ficção. Nesse gênero, é indicado na rubrica o que o narrador falaria em uma narrativa. Rubrica é um texto escrito geralmente entre parênteses ou grafado em itálico. Ele não faz parte do diálogo, mas indica aos atores detalhes da cena, da movimentação, do modo como as personagens se sentem, falam e se comportam na cena etc. Selecione um trecho de uma das peças no qual é possível observar a função da rubrica.

12 Nas três peças encontramos personagens cômicas. Um dos elementos mais importantes a lhes conferir comicidade (além de suas características físicas, comportamento etc.) é a linguagem. Escolha um trecho de uma das peças em que o diálogo entre as personagens revela aspectos cômicos.

13 *Farsa de Inês Pereira* foi escrita no século XVI pelo escritor português Gil Vicente. Em grupo, selecione na peça algumas palavras e expressões características do português falado naquela época em Portugal e pesquise o significado delas para compartilhar com seus colegas de sala.

14 Leia os provérbios abaixo, selecionados das peças teatrais reunidas nesse volume:

- *Manda quem pode, obedece quem tem juízo.*
- *Antes sozinha do que mal acompanhada.*
- *Bateu, levou!*

Em grupo, discuta o significado desses provérbios e escreva um comentário sobre suas possíveis relações com as histórias lidas.

PRODUÇÃO DE TEXTOS

15 Você conhece o poema "Quero me casar", do poeta mineiro Carlos Drummond de Andrade? Procure-o na biblioteca ou em *sites*.

a) Em grupo, converse sobre o que achou desse poema e discuta com seus colegas as diferenças observadas entre o modo como o casamento é abordado nas peças e no poema de Drummond.